安重根,

고국으로 반장(返葬)해 다오

安重根, 고국으로 返葬해 다오

초판1쇄 발행 2025년 02월 14일

지은이 김월배, 김이슬

발행인 최영민

발행처 피앤피북

인쇄제작 미래피앤피

주소 경기도 파주시 신촌로 16

전화 031 - 8071 - 0088

팩스 031 - 942 - 8688

전자우편 hermonh@naver.com

출판등록 2015년 3월 27일

등록번호 제406 - 2015 - 31호

ISBN 979 - 11 - 94085 - 42 - 3 (03800)

安重根,
고국으로
返
葬
반장해 다오

김월배 · 김이슬 지음

헤르몬
HERMONHOUSE

일러두기

1. 외국어(중국어, 일본어, 영어 등)나 한자를 한글과 함께 기록해야 할 경우, 한글을 먼저 쓰고 뒤 '( )' 안에 외국어를 표기했다.

    예시: 안중근(安重根), 이토 히로부미(伊藤博文)

2. 외국의 지명과 인명은 한글 뒤 '( )' 안에 원문을 표기했다.

    예시: 이토 히로부미(伊藤博文), 뤼순(旅順)

3. 외국인 인명을 표기할 때 줄여 쓰지 않고 성과 이름 모두 표기했다.

    예시: 이토(伊藤博文) (X) → 이토 히로부미(伊藤博文) (O)

4. 외국의 지명과 외국인 인명은 국립국어원의 외래어표기법에 따라, 원어(중국어, 일본어 등)의 발음 체계로 표기했다.

    예시: 이등박문(伊藤博文) (X) → 이토 히로부미(伊藤博文) (O),
    합이빈(哈尔滨) (X) → 하얼빈(哈尔滨)

5. 한자로 표기된 자료의 경우, 일본어 자료는 번체자로, 중국어 자료는 원자료에 따라 번체자 또는 간체자로 표기했다.

    예시: 〈旅順日俄監獄実录〉

6. 원문 중 판독이 불가능한 경우, '(미상)'으로 표기했다.

7. 원문 중 빠진 글자(缺字)는 'ㅁ'으로 표기했다.

8. 독자의 이해를 돕고자, 본문 내용에 중복이 있다.

9. 반장(返葬)은 객지에서 죽은 사람을 그가 살던 곳이나 그의 고향으로 옮겨서 장사 지냄을 뜻한다. (사전적 의미)

* 뤼순일아 감옥 구지 박물관의 명칭은, 1902년 건립, 1907년 11월 관동도독부감옥서(안중근 수감시기), 1920년 관동청 감옥, 1926년 관동청 형무소, 1936년 12월 관동형무소, 1939년 뤼순형무소, 1945년 8월 22일 감옥 기능 해체되었다. 일명 뤼순감옥으로 통칭하고 있다. 그 후 박물관 기능으로, 1971년 7월 제국주의 전람관, 1983년 6월 뤼순제국주의 침화유적 보관소, 1992년 8월 뤼순일아감옥구지진열관, 2003년 5월 뤼순일아감옥구지박물관과 다롄시 근대사 연구소 명칭으로 연구 기능 추가하여, 현재에 이르고 있다.

차 례

'오직 가야 할 길을 가다'를 마음에 담고, 강산이 두 번 바뀌었다.

사상과 철학을 갖춘 안중근 의사를 찾아온 이십 년이다. 그사이 하얼빈은 제2의 고향이 되었다. 송화강은 여전히 흐르고 있지만, 세월이 떠밀어 그 청년은 백발의 오늘이 됐다.

백 년 전 일본은 칼날을 세워, 대한제국의 심장을 파고들었다. 일본의 부당함을 정의의 총과 평화의 붓으로 대한국인의 기개를 온 세상에 알렸다. 사상가 안중근 보유국이 되었다. 그 자랑찬 나라가, 여전히 답을 내놓지 못하고 있다. 그것은 안중근 유언의 실현은커녕 매장지 위치 자체를 특정하지 못하고 있다.

'시작하지 않으면, 이뤄지는 것은 없다.' 그 일념으로 기록하였다.

안중근 이름만으로 모든 것이 설명된다. 표지 디자인이 화려하지 않아도 된다. 최소한의 디자인에 미색이어도 된다. 단 내용은 사실에 근거하여 작성하였다.

제1장, 평화주의자 안중근 의사는 유언을 친히 두 동생에게 남기셨다. 그 유언을 한 장소이자 빌헬름 신부의 종부성사를 받으신 장소, 그곳도 이제는 특정이 되었다. 그곳은 지금 뤼순일아감옥구지박물관의 보관부 사무실이다. 2층 안쪽 맨 끝 뒷방이다. 안중근 의사는 그곳에서 친히 말씀하셨다. '고국으로 반장해 다오' 그 유언의 실현

은 대한민국과 국민의 과제이다. 안중근 의사 유해 발굴 당위성에 대해 고찰하였다. 뤼순지역 강우량 통계를 가지고 계량경제사적 방법을 활용하였다.

제2장, 안중근 의사 순국 115주년이다. 국권이 회복되면 고국에 묻히길 원하셨던 안중근 의사, 벌써 국권이 회복된 지 80주년이 되었다. 그러나 안중근 의사 유언은 여전히 뤼순의 구천을 헤매고 계신다. 그 안중근 의사의 절절한 유언을 실현시켜 드리기 위한 역사적 과정과 현재를 기술하였다.

제3장 안중근 의사 유해의 위치는 현재도 특정되어 있지 않다. 그러나 안중근 의사 유언을 실현시켜 드리기 위한 가족과 국가들의 노력이 있었다. 그 과정에서 한국 정부는 세 곳을 특정하였다. 세 곳의 선정 이유와 과정, 결과를 분석하였다.

제4장 안중근 의사 유해 위치에 대한 증언들이 있다. 그 증언들은 꼬리를 물고 확대 해석되기도 하고, 한두 곳으로 귀결되기도 한다. 한국, 일본, 중국에 인사들, 15명이 유해 위치를 주장하는 장소를 일목요연하게 정리 기술하였다. 사료, 증언, 주장들이 혼재되어 있다.

제5장 뤼순일아감옥구지박물관은 2001년에 감옥 묘지 옛터를 특정하여, 전국 문물 중점 보호구역으로 지정하였다. 뤼순의 개발과 뤼순인의 매장 속에 특정 지역이 침범을 방지하기 위한 것이었다. 그 감옥 묘지는 '뤼순감옥옛터묘지', '둥산포', '마잉허우', '랑워' 등으로 불리지만 동일한 장소이다. 즉 뤼순일아감옥구지박물관 공공묘지이다. 이곳의 면적이 666여 평 정도 되지만, 1960년대 중반, 1971년 소규모의 발굴이 있었다. 그 과정의 유골이 발굴되어 전시되고 있다. 그 과거와 현재의 기록이다. 그리고 추가로 해야 할 일을 기록하였다.

본서 출간에는 많은 사람의 노고 없이는 세상을 볼 수 없었다. 가족이다. 아내와 아들은 물론, 특히 글이 완성되기 전 세상을 떠나신 아버지의 격려에 오랜 기간 중국에서 지속할 수 있었다. 아버지는, 누구나 '세상을 비판하는 것은 많이 한다. 대안을 제시하는 것이 연구자의 길'임을 몸소 가르쳐 주셨다. 그리고 선행연구자이다. 소중한 지면을 섬세하게 다듬어 주신 출판사에 감사드린다.

안중근 연구는 양적으로 많이 있다. 그러나 안중근 정신과 사상을 체계적으로 정리한 지식체계, 안중근학(安重根學)이 없다. 안중근학의 전제 조건은 자료발굴이다. 그 선결의 작은 기록이 되길 바란다. 과학이 발전되어 안중근 유언 실현의 마중물이 되기를 바란다. 안중근 유해가 반장이 되어 기쁘게 맞이할 그날을 기다린다.

광복 80주년, 2025년 2월 14일 김월배·김이슬 쓰다.

安重根, 고국으로 返葬해 다오

21세기 첫 을사년은 지난 100년과 다른 100년의 출발점이 되어야만 합니다.

지금부터 120년 전의 을사년은 대한민국의 잃어버린 시간의 원년이었습니다. 그로부터 4년 후 1909년, 세계 인류를 향해 대한민국은 새로운 나라로 다시 태어났다는 선언이 시작되었습니다. 그 선언은, 서구 근대화 프로젝트의 아류 중 하나인, 제국주의에 대한 단순한 반대와 저항(대한 독립)을 넘어, 피아(彼我)가 함께 살아갈 새로운 세계(세계 평화의 뿌리인 동양 평화)에 대한 방향 제시였습니다. 이처럼 대한민국 독립운동사는 인류 세계 구원(salvation)의 역사였습니다.

이것이 우리가 자랑스러운 대한민국 국민인 이유입니다.

그러나 독립운동가들이 꿈꾸었던 나라는 여전히 미완의 과제로 남아 있습니다. 독립운동가들의 살신성인으로 물려준 대한민국은 당연히 독립운동가들이 남긴 독립 정신이 구현되는 나라여야만 하기 때문입니다.

우리는 K-문화와 K-민주주의에서 독립 정신이 살아 움직이고 있음을 확인할 수 있습니다. 이처럼 21세기 첫 을사년은 (제국주의를 이겨낸) 광복 80주년이자, (세계 평화의 실천으로서) 조국의 완전 독립을 실현하겠다는 대한민국 국민의 다짐의 원년이 되어야만 합니다. 그런 점에서 독립운동은 진행형입니다.

독립 정신의 중심에 안중근 의사가 있습니다.

지난 100년과는 '다른 100년' 그리고 완전 독립이 된 대한민국 만들기는 대한 독립과 동양 평화를 하나로 본 안중근의 독립 정신을 실현하는 것입니다.

안중근 의사는 자신을 역사의 희생물로 삼아 대한민국이 (피아가 함께 살아갈 수 있는) 세계의 중심 국가로 우뚝 설 수 있는 '독립 정신'을 우리에게 물려주셨습니다. 우리는 안중근 의사에게 너무 큰 '빚'을 졌습니다.

지금 대한민국의 완전 독립을 가로막는 국민 분열은 안중근 의사의 독립 정신으로 풀 수 있습니다. 안중근 의사의 동양 평화 정신이야말로 국민을 하나로 묶어내는 구심점 역할을 할 수 있기 때문입니다.

우리가 이 시점에서 안중근 의사의 〈동포에게 고함〉의 유훈을 되새기는 이유입니다.

안중근 의사에 대해 우리가 빚을 갚는 일은 의사의 유언을 받드는 것에서 시작합니다.

우리는 안중근 의사 유언을 받들어 고국으로 모셔야 할 당연한 의무를 갖고 있습니다. 안중근 의사는 관동도독부 감옥서에서 "국권이 회복되면, 고국으로 반장(返葬)해 다오."라는 유언을 남기셨습니다. 국권이 회복된 지 올해로 80주년이 되었습니다. 여전히 안중근 유해는 뤼순의 구천을 헤매고 계십니다.

"광복을 위한 모든 노력에 반드시 정당한 평가와 합당한 예우를 받게 하겠습니다. 정부는 여성과 남성, 역할을 떠나 어떤 차별도 없이 독립운동의 역사를 발굴해 낼 것입니다. 역사에 묻힌 독립운동사와 독립운동가의 완전한 발굴이야말로 또 하나의 광복의 완성이라고 믿습니다."라고 외친 대통령이 있습니다.

안중근 의사를 선양하는 굳건한 불꽃이 일어나고 있습니다. 영화, 소설, 뮤지컬 등 인문학적 관심입니다. 이러한 도도한 물결의 하나로서 중국에 거주하는 현장 전문가, 김월배 박사의 발품으로 새로운 책이 발간되었습니다. 대단히 반갑고 기쁜 소식입니다. 김월배 박사는 반평생을 안중근 의사의 발자취를 좇으며 현장을 누벼왔습니다. 문헌 중심으로 연구를 해온 선생으로서 빚진 마음을 남깁니다. ≪安重根, 고국으로 返葬해 다오≫ 발간으로 안중근 유해를 찾는 안중근 계승자들이 더욱 늘어나길 진심으로 바랍니다. 발간을 진심으로 축하드립니다.

2025년 대한민국 경제학자 최배근

제1장
안중근 의사 유해 발굴 당위성

* 본 장은 저자가 2024년 12월 4일, 주다롄대한민국영사출장소 주관으로 열린 안중근 의사 유해 발굴 세미나에서 발표한 원고를 수정·보완한 것임을 밝힌다.

1. 안중근 의사 유해 찾기를 왜 지속해야 할 것인가?

 안중근(安重根, 1879~1910) 의사(義士)는 조국의 독립을 위해 목숨을 바쳐 헌신한 국민의 영웅이자, 동양 평화를 위해 하얼빈(哈爾濱) 의거를 이룬 평화주의자이다. 하지만 이러한 안중근 의사의 유해는 아직도 찾지 못해 고국으로 돌아오지 못하고 있다. 안중근 의사의 유해는 마땅히 하루속히 찾아야 할 대한민국과 국민의 과제이다. 그 당연함과 마땅함에 이유가 있겠느냐마는 안중근 의사 순국 115년이 된 지금도 유해를 찾지 못한 상황에서 다시금 안중근 의사 유해 발굴의 중요성과 시급성에 따라, 여러 사료 및 사실 근거 자료들을 바탕으로 유해 발굴 가능성을 살펴보며 안중근 의사 유해 발굴 당위성에 대해 고찰해 보고자 한다.

 안중근 의사의 유해를 찾으려는 노력은 광복 이후, 김구(金九, 1876~1949) 선생의 안중근 의사 조카인 안우생(安偶生, 1907~1991)에게 북한 잔류·안중근 의사 유해 찾기 지시, 그리고 1986년부터 간헐적으로 중국 다롄(大連) 뤼순(旅順)에서 몇 차례의 안중근 의사 유해 발굴조사 및 시도[1]가 있었으나 유해를 찾는 데에까지 이어지지 못했다. 또한, 이렇게 몇 차례 진행된 발굴조사에 관한 중국의 입장 [안중근 의사의 고향이 황해도(黃海道) 해주(海州)이므로 북한과 공동으로 중국에 협조를 신청할 것, 선 자료 후 발굴할 것][2]과 한국의 일본 정부에 대한 지속적인 안중근 의사 유해 관련 기록 요청에 관련 자료가 없다는 응답[3] 등을 놓고 안중근 의사 유해 찾기에 회의적인 의견

---

1 1986년 북한 단독조사, 2006년 남북한 공동조사, 2008년 한중 공동조사, 2008년 중국 단독조사

2 문화일보(2018.7.12.), "안중근 유해 발굴, 남북 공동으로 나서면 中 협조할 것"; SBS(2018.10.24.), "[취재 파일] 안중근 유해 찾기 키워드⑤ – 어렵고 힘들다는 건 국민도 다 압니다."; KBS(2019.03.04.), "갈 길 먼 안중근 유해 발굴…중국 협조가 관건"; 디지털타임스(2021.10.26.), "보훈처 '안중근 유해 국내 봉환 위해 中과 협의 추진'"

3 문화일보(2019.02.19.), "〈3·1 운동, 지나온 100년 다가올 100년〉 '安 의사 묘지 위치 확증하려면 中·日 사료 확보가 선행돼야"; 뉴시스(2021.10.26.), "표류하는 안중근 유해 봉환…日은 모르쇠, 中은 北 눈치"; 문화일보(2023.08.17.), "일본 내 안중근 의사 유해 기록·유

도 있다[4].

위와 같은 상황에도 불구하고 왜 안중근 의사 유해 찾기를 지속해야 할 것인가. 다른 이유보다도 우선되는 이유는 '안중근 의사의 유언'이다. 안중근 의사는 다음과 같은 유언을 남겼다. "내가 죽은 뒤에 나의 뼈를 하얼빈공원 곁에 묻어 두었다가 우리 국권이 회복되거든 고국으로 반장해 다오.…"[5]. 안중근 의사는 오직 조국의 독립을 위해 애쓰다가 목숨을 바친 대한민국의 영웅이다. 이러한 '국가적 영웅의 유언을 받들어 그분의 유해를 찾는 것은 당연한 일'이다. 둘째, 유해 발굴은 '평화의 실현으로서 남한과 북한 간에, 한국·중국·일본의 역사적 화해와 공영(共榮)'으로 나아가는 길이다. 안중근 의사 유해 발굴은 한국 단독으로 실행하기 어렵다. 안중근 의사 유해 발굴을 위해 안중근 의사가 순국한 뤼순감옥[당시 관동도독부감옥서(關東都督府監獄署)]은 중국에 위치하므로 당연히 발굴에 대한 중국의 협조가 필요하다. 그리고 이곳은 당시 일제가 관리했는데 기록을 중시하는 일본은 안중근 의사 매장 관련 기록을 남겼을 것이고, 가장 유력한 자료는 일본에 있을 것이라는 추정이 전문가들의 의견이다[6]. 따라서 당시 일본의 기록 자료가 필요하므로 일본의 협조도 필요하다(한국 정부도 일본에 관련 자료를 요청하기도 했으나 관련 자료를 찾고 있는 중이라는 일본 측의 답만 얻음)[7]. 또한, 상술한 바와 같이, 남북이 공동으로 유해 발굴을 신청해야 한다는 중국의 입장에 따라, 북한과의 공조도 필요하다. 이렇듯, 안중근 의사 유해 발굴을 위해, 한국, 북한, 중국, 일본이

품 반환 진전 기대감"

4 헤럴드경제(2015.02.12.), "[파워인터뷰] 안중근 의사 유해 못 찾는다…'이젠 가슴에 묻어야 할 때' 안중근 의사 기념사업회 윤원태 사무국장"; 천지일보(2017.04.04.), "[기고] 이제는 '안중근 의사 국가장' 치를 때"

5 1910년 3월 10일, 관동도독부감옥서 면회실에서 아우 안정근, 안공근과 빌렘 신부를 면회하고 이 같은 유언을 전함.

6 CBS(2024.03.28.), "순국 114주년 안중근 유해는 어디에…中日 협조는 기대난망"

7 뉴시스(2021.10.26.), "표류하는 안중근 유해 봉환…日은 모르쇠, 中은 北 눈치"; 문화일보(2023.08.17.), "일본 내 안중근 의사 유해 기록·유품 반환 진전 기대감"

함께 힘을 모은다면 그 과정에서 안중근 의사가 염원했던 평화의 실현과 공영의 길에 더 가까워질 수 있을 것이다. 셋째, 안중근 의사의 유언을 지켜 유해를 찾아 고국으로 봉환한다면, 순국선열을 책임지는 대한민국을 구현할수 있을 것이다. 또한, 목숨을 바쳐 독립운동을 전개한 대한민국의 영웅 안중근 의사의 유해봉환으로 대한민국 국민으로서 자긍심도 고취될 것이다.

기존의 유해 발굴 시도들에서 안중근 의사의 유해를 찾지 못했다고 해서, 또는 안중근 의사 유해 발굴 가능성이 희박하다고 해서, 앞서 언급한 안중근 의사 유해 발굴에 대한 회의적인 의견들처럼 안중근 의사 유해 찾기를 단념해서는 안 된다. 기존 시도의 실패를 통해, 다시금 방향을 설정하고 기존 경험을 통해 얻은 방법을 이용할 수 있다. 여러 난관이 존재하더라도 풍찬노숙을 하며 조국 독립을 위해 희생한 안중근 의사를 생각하며, 안중근 의사 유해 발굴에 조금의 가능성이라도 있다면 그 가능성을 붙잡고 끝까지 시도해 보아야 할 것이다.

따라서, 본 장에서는 안중근 의사 유해 관련 사료 및 자료, 기존의 유해 발굴 시도 등의 분석을 통해 안중근 의사 유해 발굴의 타당성, 가능성을 살펴봄으로써 안중근 의사 유해 발굴의 당위성을 고찰해 보고자 한다.

2. 안중근 의사 유해 발굴 당위성

2.1. 안중근 의사 유해 발굴 타당성

2.1.1. 안중근 의사 유언의 실현

안중근 의사의 유해 발굴을 왜 해야 하는가에 대한 답은 바로, 국권이 회복되면 자신의 유해를 '고국으로 반장해 달라' 했던 국가적 영웅 '안중근 의사의 유언'이 있었기 때문이다. 또한, 유언에서 "천국에 가서도 또한 마땅히 우리 나라의 국권 회복을 위해 힘쓸 것이다."라며 안중근 의사는 죽어서까지도 독 립운동을 하겠다고 했다. 한평생 조국의 독립만 생각했던 안중근 의사의 유 해가 아직도 타국 어딘가에 묻혀 있다. 하루빨리 안중근 의사의 유언을 지켜 국권이 회복된 고국으로 봉환하는 것은 국가와 후손 된 국민의 의무이자 도 리이다.

2.1.2. 한반도와 동북아의 평화 실현

안중근 의사의 유해 발굴을 통해, '한반도와 동북아의 평화 실현'의 역할을 기대할 수 있다. 그 이유는 다음과 같다.

첫째, 안중근 의사는 그의 사상과 업적 자체로 평화주의자, 평화사상가로 서 동양 평화의 상징적 인물이라고 할 수 있다.

안중근 의사는 동양 평화를 위해 하얼빈 의거를 했고, 뤼순감옥에 수감됐 을 때, 동양의 평화에 대해 평소 자신이 생각하던 내용[8]을 (미완이지만)[9] ≪동 양평화론(東洋平和論)≫에 정리했다[10]. 또한, 자고이래로 안중근 의사처럼 한 국·중국·일본 세 나라 중 한 나라의 사람으로서, 한국·중국·일본 세 나 라 사람의 마음을 모두 감동하게 하며 숭모를 받은 사람은 없었을 것이다. 안 중근 의사의 하얼빈 의거에 대해 당시 중국 민중뿐 아니라, 저우언라이(周恩 來), 량치차오(梁啓超) 등 저명한 인물들도 안중근 의사를 숭모했다[11]. 중화민

---

8 윤병석(2011), ≪(한국독립운동사자료총서 제28집) 안중근 문집≫, 독립기념관 한국독립운동 사연구소, p.557

9 ≪안응칠역사≫에 따르면, 안중근 의사는 고등법원장 히라이시(平石)와의 면담 중, '동양평화 론' 저술을 위해 사형을 한 달 늦춰줄 것을 제안하자 히라이시는 2~3개월 넘게라도 특별히 허 가할 것이라 함. 이에 안중근 의사는 공소권 포기를 청원, 저술을 시작. 하지만 히라이시는 약속 을 지키지 않았고 안중근 의사는 1910년 3월 26일, 관동도독부감옥서 사형장에서 순국

10 본래 '서, 전감, 현상, 복선, 문답'의 구성이었으나 미완으로 '서'와 '전감'만이 기록됨. 안중근 의 사의 동양평화 사상 및 이론은 안중근 의사와 관동도독부 고등법원장의 면담 내용인 「청취서」 등 '동양평화'에 대해 언급한 다른 기록들에서 살펴볼 수 있음

국 시기(1912~1949)에는 군인들의 수신을 장려하기 위해 편찬된 ≪군인보감 (軍人寶鑑)≫에 안중근 의사의 유묵 내용이 인용되며 군인의 태도와 자세에 가르침을 주고 있다[12]. 안중근 의사에 대한 중국 사람의 마음은 시, 소설, 연극[13], 노래 등으로 현재까지 나타나고 있다[14].

안중근 의사의 평화 사상에 감화된 일본 사람들도 있었다. 그리고 일본에서는 오늘날에도 안중근 의사를 선양하는 활동이 이어지고 있다[15]. 안중근 의사의 하얼빈 의거 당시, 만주철도주식회사 이사 다나카 세이지로(田中清次郎)는 이토 히로부미(伊藤博文, 1841~1909)를 수행하던 중 안중근 의사가 발사한 총에 맞았는데도 후에 안중근 의사에 대해서 자신이 본 사람 중 최고라며 높게 평가했다[16]. 이밖에 안중근 의사의 수감 당시 만난 인연으로 안중근 의사의 평화 사상과 덕풍에 감화되어 인간적 교감을 나눈 일본 사람으로는 안중근 의사의 교화를 담당한 교회사(教誨師) 츠다 가이준(津田海純), 통역관 소노키 스에요시(園木末喜), 헌병 야기 마사노리(八木正禮), 안중

11 이외에 쑨원(孫文), 바진(巴金), 천두슈(陳獨秀), 리다자오(李大釗), 우위장(吳玉章), 장제스(蔣介石), 위안스카이(袁世凱) 등이 안중근 의사의 평화 정신과 하얼빈 의거에 대해 긍정적으로 평가함(徐明勳, 2009)

12 이봉규 · 김월배 · 김이슬 · 김홍렬 · 김희수 · 민명주 · 이인실(2024), ≪안중근 의사의 숨결을 찾아: 한국 · 중국 · 일본편≫, 걸음, p.169-170

13 중국 사람들도 안중근 의사의 하얼빈 의거를 주제로 연극을 창작 · 연출 · 공연하며 안중근 의사를 선양했는데, 저우언라이와 그의 아내 덩잉차오(鄧穎超)도 안중근 의사 선양 연극에 참여한 적이 있음. 덩잉차오는 연극 '安重根'에서 남장을 하고 안중근 역을 연기했고 저우언라이는 이 연극을 지도(길림신문(2011.11.24.), 中國新聞網(2014.2.11.)).

14 金宇鍾(2006), ≪安重根和哈爾濱≫, 黑龍江朝鮮民族出版社; 徐明勳 · 李春實(2009), ≪中國人心目中的安重根≫, 黑龍江教育出版社; 이봉규 · 김월배 · 김이슬 · 김홍렬 · 김희수 · 민명주 · 이인실(2024), ≪안중근 의사의 숨결을 찾아: 한국 · 중국 · 일본편≫, 걸음

15 교토(京都) 류코쿠대학(龍穀大學) 사회과학연구소 부속 '안중근동양평화센터'는 2014년 설립 후, 한 · 일 간 네트워크 형성으로 일본 내 안중근 의사를 알리는 연구의 본산으로 자리매김. 미야기현 구리하라시 다이린지(大林寺)는 '안중근 의사와 치바의 현창비'가 건립된 이래 매년 추도 법요 진행. 한 · 일 양국 관민이 모여 안중근 의사와 치바를 추모 및 우호 친선을 기원(안중근의사숭모회 참고)

16 안도 도요로쿠(安藤豊祿)의 회고록 ≪韓國わが心の故裏(1984)≫ 속 기록(경향신문(2014.3.23.), "늠름하고 당당했던 안중근… 내가 본 사람 중 가장 훌륭").

安重根, 고국으로 返葬해 다오

근 의사의 간수 치바 도시치(千葉十七)가 있다[17]. 이렇듯 평화 사상을 실천한 안중근 의사는 한국의 독립운동가이지만 일본과 중국 사람에게까지 숭모를 받는, 한국, 일본, 중국을 하나로 모을 수 있는 평화의 상징적 인물이라고 할 수 있을 것이다.

둘째, 안중근 의사의 의거와 평화 사상은 모든 경계를 넘어 화합을 이끌 수 있다.

주지하듯이 안중근 의사는 천주교 신자이다. 안중근 의사가 관동도독부 감옥서에 수감되었을 때, 사형수였던 그의 교화를 담당한 교회사(敎誨師) 츠다 가이준(津田海純)은 승려였다. 두 사람은 국적과 종교가 달랐지만, 이런 것을 초월한 인간적인 교감을 나누었다[18]. 당시, 한국에서도 종교, 성별, 세대, 좌우를 넘어 안중근 의사의 하얼빈 의거에 대해 숭모하는 열기가 대단했다[19]. 즉, 안중근 의사가 하얼빈 의거를 이룸으로써 우리 민족을 단결하게 하는 역할을 했다고 할 수 있다[20]. 또한, 당시 미국·중국·러시아에 거주했던 한인들도 안중근 의사의 정신에 대한 유지 계승 운동을 다양한 방식(차세대 교육, 노래, 연극 등)으로 이어갔다. 특히, 중국에 거주했던 한인들은 안중근 의사를 매개로 중국 사람들과 우호 관계를 맺었다. 1923년, 한중호조사(韓中互助社)[21]는 상하이(上海) 중국기독교청년회당(中國基督敎靑年會堂)에서 안

---

17 김봉진(2022), ≪안중근과 일본, 일본인 – 끝나지 않은 역사 전쟁≫, 지식산업사

18 박삼중(2015), ≪코레아 우라 : 박삼중 스님이 쓰는 청년 안중근의 꿈≫, 소담출판사

19 숭모의 마음은 안중근 의사 사진을 소장하는 것으로도 나타났는데 황현(黃玹)의 ≪梅泉野錄≫ 隆熙 4년(1910년) 기록에 따르면, 안중근 의사 사진이 순식간에 많이 팔려 일본인들이 판매를 금할 정도.

20 특히, 청년 학생들이 하얼빈 의거에 열광했으며, 개신교 신자 중에도 안중근 의사를 추종한 세력들이 있었다(기독청년회원의 안중근 의사 평가, 이화학당 여학생들의 이토 추도 행사에서 머리를 숙이는 행위 거부 등 개신교 신자들의 안중근 인식의 표출). 유생들 역시 안중근 의사의 하얼빈 의거를 지지하면서 각국 영사관에 격문을 보내 일제의 대한정책에 관한 부당성을 알렸다. 또한, 1927년 7월 1일 발행된 ≪전우≫ 제3호에 조소앙(趙素昻)이 번역한 안중근의 공판 기록이 게재되었는데, 정의부(正義府)가 좌우합작에 집중하던 시기에 이를 게재한 조소앙의 의도 (좌우합작의 동력을 안중근 의사의 정신에서 얻고자 함)를 짐작케 한다(신운용, 2009).

중근 의사 연극을 하기도 했다. 이뿐 아니라, 당시 중국 사람들은 훌륭한 한인(독립투쟁에 모범을 보이는 한인)을 안중근 의사에 비유하기도 했다. 1918년, 지린(吉林)에서 정안립(鄭安立)의 주도로 독립 자치를 위해 결성된 동삼성한족생계회(東三省韓族生計會)에 중국 관헌들도 적극적으로 지원했는데, 정안립을 안중근 의사에 비유하기도 했다[22]. 이처럼 안중근 의사의 의거와 평화 사상이 모든 경계를 넘어 서로를 잇는 역할을 했으며, 이것이 가능하다는 것을 확인할 수 있다.

셋째, 안중근 의사의 유해 발굴을 위한 한반도·일본·중국의 협조로 동양 평화에 더 가까워질 수 있다.

안중근 의사 유해 발굴은 한국 단독의 힘으로는 할 수 없고 북한·일본·중국의 협조가 필요하다[23]. 어떻게 일본과 중국의 협조를 얻을 수 있을 것인가. 우선, 안중근 의사의 수감·순국 장소는 중국 다롄시 뤼순에 있는 관동도독부감옥서이고, 매장 장소는 당시 안중근 의사의 통역을 맡았던 소노키 스에요시의 '안의 사형 시말 보고' 등 당시 기록[24]에 따라, 관동도독부감옥서 공동묘지임을 알 수 있다. 따라서 유해를 찾아야 하는 곳은 중국이므로 중국의 협조를 받아야 할 것이다. 중국에서는 앞서 기술한 바와 같이, 안중근 의사의 고향이 황해도인 것을 근거로 북한과 공동으로 유해 발굴을 신청해야 하고,

---

21 1921년, 중국에서 활동하던 한국의 독립운동가들과 중국의 인사들이 조직한 우호 단체

22 신운용(2009), ≪안중근과 한국근대사≫, 채륜, p.420−425

23 문화일보(2019.2.19.), "安 의사 묘지 위치 확증하려면 中·日 사료 확보 선행돼야"

24 이토 공작 만주 시찰 일건 중, [安重根 本日 사형 집행, 유해는 旅順에 매장함](1910.3.26.), [살인 피고인 安重根에 대한 사형은 26일 오전 10시 감옥서 내 사형장에서 집행되었음. 그 요령](秘受 제1182호) 등(한국역사연구원·이태진·오정섭·김선영. 2021).
신문 기사로는 대한매일신보(1910.3.29), "安氏就刑"; 경남일보(1910.4.4), "安重根의 最後續聞"; 황성신문(1910.3.30), "安重根의 執刑後報"; 京都日出新聞(1910.3.28), "安重根の死刑"; 名古屋新聞(1910.3.28), "安重根の最後"; 東京朝日新聞(1910.3.28), "安重根死刑執行"; 東京日日新聞(1910.3.28), "安重根の死刑"; 門司新報(1910.3.28), "安重根の處刑"; 時事新報(1910.3.27.), "安重根死刑執行"; 新愛知新聞(1910.3.28), "安重根の死刑執行" 등(김월배·김이슬 외, 2023).

安重根, 고국으로 返葬해 다오

'선 자료 후 발굴'해야 한다는 입장을 취하고 있다.

이에 따라, 중국으로의 협조 요청 전, 북한과 유해 발굴 공동 신청 및 유해의 매장 위치 관련 자료 확보의 과제가 남게 된다. 북한과의 유해 발굴 공동 신청의 문제를 차치(且置)하더라도 가장 중요한 것은 바로 안중근 의사 유해의 매장 위치 관련 자료의 확보일 것이다.

우선, 안중근 의사 사망 후, 왜 그 유해가 유족의 품으로 인도되지 않았는지, 고국으로 돌아오지 못했는지에 대한 근원적인 의문을 가질 수 있다. 바로, 안중근 의사 순국 직후, 동생 안정근(安定根, 1885~1949)과 안공근(安恭根, 1889~1940)이 유해 인도(引渡)를 요청했으나 당시의 관동도독부 감옥법을 어기면서까지 일본은 유해를 유족에게 인도하지 않았기 때문이다[25]. 그 이유로 인해, 안중근 의사의 유언에 따라 당시 하얼빈공원[현 자오린공원(兆麟公園)] 곁에 묻지도 못했고, 고국으로 반장하지도 못한 것이다. 메이지(明治) 34년(1901년)에 기록된 〈일본감옥법(日本監獄法)〉에는 시신의 반환과 관련된 제75조와 제76조에 따르면, 유족의 요청이 있으면 시신을 돌려주어야 하고, 시신이 이미 매장되었더라도 시신 반환 요청을 허락해야 한다는 내용이 있다[26]. 하지만 일본은 자신들이 만든 법을 어기면서까지 안중근 의사의 유해가 하얼빈에 묻히면 하얼빈이 한국인 독립운동 숭상의 중심이 되어 그 후에 발생할 일이 우려되어 고의로 안중근 의사 유해를 유족들에

---

25 이토 공작 만주 시찰 일건 중, [安重根의 동생 2명은 사체를 인도하지 않아 불복함]((1910.3.27.) (한국역사연구원·이태진·오정섭·김선영. 2021).
　　신문 기사로는 東京朝日新聞(1910.3.28.), "安重根死刑執行"; 門司新報(1910.3.28.), "二弟の恨"; 朝鮮新聞(1910.3.31.), "安重根の最後" 등(김월배·김이슬 외, 2023).

26 "사망자의 친족이나 지인이 그 유해를 받을 때는 반드시 사망 기록에 증명하도록 하여야 한다. (후략)"(제75조), "범인의 유해가 비록 매장되더라도 반환을 청하는 자가 있으면 허락한다. 범인의 유해는 비록 매장되었지만, 그의 친족이나 지인의 반환을 신청하면, 허락해야 하며 그 사실을 경찰서에 통보하여야 한다. (후략)"(제76조), "사망자의 친척이나 친구가 사망자의 시신을 요청하면 반환해야 한다. (후략)"(세칙 제75조). 김월배·김이슬 외, 2023, p.268의 일본감옥법 번역 내용 인용

게 인도하지 않았다[27].

[사진] 자오린공원(옛 하얼빈공원) 입구[28]

---

27 일본 외무성 소장 〈이토 공작 만주 시찰 일건〉 11책 총람 중, 2건의 기밀 문건에는 안중근 의사 유해를 인수해 하얼빈 한국인 묘지에 매장하고 묘비와 기념비를 건설하여 애국지사로서 한국인들 숭상의 중심으로 하자는 첩보가 있으니, 유해를 유족들에게 넘기면 위 계획이 실현될 수 있으므로 유해의 인도는 장래를 위해 바람직하지 않다는 내용이 있음. 그중 한 건은 〈기밀(機密) 제14호, 비수(秘受) 제750호〉이고, 또 다른 한 건은 〈제기밀(諸機密) 제34호〉이다. 두 건 모두 재하얼빈총영사대리(在哈爾賓總領事代理) 영사관보(領事官補) 오노 모리에(大野守衛)가 발신한 것으로 문서명("사형수 安重根에 관한 건")과 그 내용은 거의 같은데 발신일과 수신 대상이 다르다. 〈기밀(機密) 제14호, 비수(秘受) 제750호〉는 1910년 2월 22일 발신, 수신인은 외무대신백작(外務大臣伯爵) 고무라 쥬타로(小村壽太郎)이고, 〈제기밀(諸機密) 제34호〉는 다음 날인 2월 23일 발신, 수신인은 관동도독부 민정장관 대리(民政長官代理) 사토 도모쿠마(佐藤友熊)임[관련 문건은 한국역사연구원 · 이태진 · 오정섭 · 김선영 (2021)에서 확인].

28 저자 촬영

安重根, 고국으로 返葬해 다오

안중근 의사 유해 매장과 관련해 관동도독부감옥서 묘지에 묻혔다는 사료 기록은 있으나 정확한 매장 위치를 특정할 수 없다. 게다가 그 위치에 관한 기록의 존재조차 확인할 수 없는 실정으로 안중근 의사 유해의 위치는 여전히 미궁에 빠진 채로 남아 있다. 그 미궁의 원죄가 일본에 있음은 물론이다[29]. 따라서 위와 같은 일본의 안중근 의사 유해 발굴 미궁에 대한 원죄 및 책임에서 한국의 안중근 의사 유해 발굴 협조의 타당성이 있음을 논할 수 있다.

이어서, 안중근 의사 유해 발굴에 대한 중국의 협조 타당성 근거에 대해 살펴보도록 하겠다. 1998년 5월 8일, 당시 후진타오(胡錦濤) 중국 국가 부주석은 이세기(李世基) 국회 문화관광 위원장을 만난 자리에서 이세기 위원장의 안중근 의사 유해 발굴 협조 요청에 관해 협조의 뜻을 밝혔다[30]. 이 약속은 불과 26년밖에 지나지 않았다. 위에서 살펴본 바와 같이, 안중근 의사를 숭모했던 중국의 역사적 인물들, 그리고 안중근 의사를 매개로 양국의 우호 관계를 이끌었던 역사를 기억하며, 현재의 중국도 26년 전, 유해 발굴 협조에 대한 약속을 지킴으로써 양국의 관계도 한 단계 더 성숙해지며, 동양 평화의 길로 한 걸음 더 나갈 수 있을 것으로 판단된다.

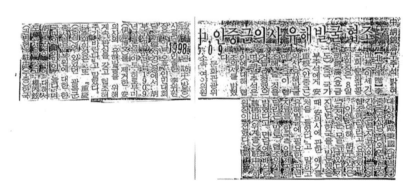

[사진] 연합뉴스, 1998년 5월 9일 자 기사

---

29 김월배 · 김이슬 외(2023), ≪유해 사료, 안중근을 찾아서≫, 진인진, p.361
30 연합뉴스(1998.5.9.), "中, 안중근 의사 유해 발굴 협조"

또한, 한국은 2014년부터 시작된 6·25전쟁 참전 중국군 유해 송환 사업에서 2024년까지 총 11회에 걸쳐 981구(具)의 중국군 유해를 송환했다[31]. 이 사업은 2013년 6월 29일, 당시 박근혜(朴槿惠) 대통령의 중국 방문 당시 미래주의적 한·중 관계를 위해, 중국에 제안한 것에서 시작[32], 12월 5일, 유해 송환 합의서가 체결되고, 이듬해 1월, 유해 송환 인도식을 한국 인천공항에서 양국 공동으로 주관하는 등의 내용이 추가 합의됐다[33]. 한국 정부는 위 사업 이전에도 이미 발굴한 중국군 유해 403구 중 1981~1991년까지 42구, 1997년 1구를 중국 측에 송환한 사례가 있었다[34]. 중국 관영 CCTV에서는 중국군 유해 송환 때마다 '英雄回家(영웅이 집으로 돌아오다)'의 문구를 제목에 사용해 보도하고 있으며[35], 이와 관련된 내용으로 제작한 특별 프로그램 제목 역시 '英雄回家'였다[36].

이렇게 중국에서 '영웅'이라 칭하는 6·25전쟁 참전 중국군에 대해서 한국 정부는 6·25전쟁 당시 적대국이었던 중국군 유해를 한·중수교 전부터 사드(THAAD) 사태, 코로나 19 등의 상황 속에도 인도주의적 차원에서 지속했다. 이처럼, 한국 독립운동의 '영웅'이자, 동양 평화를 위해 헌신한 동양의 '영웅'

---

31 KTV국민방송(2015.3.23.), "6.25전쟁 사망 중국군 유해 본국으로 송환"; 쿠키뉴스(2016.4.1), "6.25 전쟁 참전한 중국군 유해 청명절 앞두고 中 송환"; 이데일리(2017.3.22.), "中 '사드 보복'에도 국방부 6.25 중국군 유해 28구 추가 송환"; 아시아투데이(2018.2.7.), "중국 '중국군 유해 송환 한국에 감사"; 중앙일보(2022.7.3.), "'사드·코로나·나토에도 계속되는 중국군 유해 송환…한·중 9차 송환 합의" 문화일보(2023.11.17.), "'중국군 유해 송환 행사' 韓中 갈등으로 인한 무산 위기 딛고 올해도 계속"

32 뉴시스(2013.6.30.), "박근혜 대통령, 6.25 당시 전사한 중국군 유해 송환 의사 전달"

33 김태성(2024), 〈군인 안중근과 군인정신〉, 제2회 안중근 의사 찾기 국제학술대회 논문집, 상하이외국어대학·안중근의사찾기 한·중민간상설위원회·국민대학교한국학연구소, p.51

34 머니투데이(2013.6.29.), "朴대통령 '6.25전쟁 사망한 중국군 유해 360구 송환'"

35 CCTV(2021.9.2.), "英雄回家!今天我們接那些人兒回家!"; CCTV(2022.9.16.), [正午國防軍以國之名 迎英雄回家 接迎第九批在韓志願軍烈士遺骸歸國特別報道; CCTV(2023.11.23.), [東方時空]英雄回家 第十批在韓中國人民志願軍烈士遺骸回國 志願軍烈士遺骸交接儀式今天舉行: CCTV(2024.11.23.), "再迎43位英雄回家!第十一批在韓中國人民志願軍烈士遺骸即將回國"

36 총 10부작, 2023.4.1~10, CCTV 방영

安重根, 고국으로 返葬해 다오

안중근 의사의 유해 발굴에 대해서도 중국 정부는 인도주의적 차원에서 협조해야 함이 상호 간의 우호 증진을 위해 나아가는 길이 아닐지 판단된다. 중국 현대 문학의 대문호 바진은 안중근 의사를 어린 시절 숭배했던 '영웅' 중 한 분이라 했고[37], 중국공산당 중화인민해방군의 주요한 창립자 중 한 명인 저우언라이는 "중일(中日) 갑오전쟁(甲午戰爭, 청일전쟁) 후, 본세기 초, 안중근이 하얼빈 기차역에서 이토 히로부미를 격살한 것으로부터 두 나라 인민이 일본 제국주의에 반대하는 공동투쟁이 시작됐다."라며 안중근 의사를 일제에 맞선 항일 '영웅'으로 높이 평가하지 않았던가. 그리고 2014년 첫 번째 중국군 유해 송환 사업 당시 중국 대표 저우밍(鄒銘) 민정부 국방부 국장은, "중국과 한국 양국은 인도주의에서 시작해 우호적인 합작(合作, 협력) 정신으로 함께 이번 행사를 추진했습니다."라고 했는데[38], 안중근 의사 유해 찾기도 한중 양국이 인도주의에서 시작해 우호적 합작으로 충분히 나아갈 수 있을 것이다.

2.2. 안중근 의사 유해 발굴 가능성

2.2.1. 매장 위치 추정의 가능성

안중근 의사 유해의 매장 위치에 대한 기록은 상술한 바와 같이, 소노키 스에요시의 '안의 사형 시말 보고' 중, '…10시 20분 安의 시체는 특별히 監獄署에서 만든 寢棺에 이를 거두고 흰색 천을 덮어서 교회장으로 운구되었는데, 이윽고 그 공범자인 禹德淳·趙道善·劉東夏 3명을 끌어내어 특별히 예배를 하게 하고 오후 1시에 監獄署의 묘지에 이를 매장했습니다.…' 라는 기록, 일본 외무성 소장 〈이토 공작 만주 시찰 일건〉의 일부 문건, 당시 신문 기사 등

---

37 "我小的時候 經常聽人講朝鮮人的苦難和鬥爭, 安重根刺殺伊藤博文的事跡給我留下很深的印象, 他是我少年時期崇拜的一位英雄" (바진의 자서전 중 안중근 언급)
38 연합뉴스(2014.3.28.), "중국군 유해 437구, 중국 측에 송환"

에서 찾아볼 수 있다. 그러나 이들 기록에서 안중근 의사를 매장한 장소로 언급하고 있는 그 '감옥서 묘지'의 위치에 대한 정확한 위치를 찾지 못해 안중근 의사 유해 발굴에 어려움을 겪고 있다.

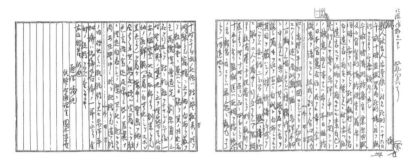

[사진] 소노키 스에요시의 〈안중근의 사형 보고〉[39]

현재, 뤼순일아감옥구지박물관에서는 둥산포 지역을 안중근 의사 순국 당시의 뤼순감옥 묘지로 주장·공식적으로 인정하고 있으며, 2001년 1월, 다롄시 문물관리 위원회가 뤼순감옥 묘지 유지를 위해 '뤼순일아감옥구지묘지(旅順日俄監獄舊址墓地)'라는 보호 표지를 세워 전국중점문물보호기관으로 지정했다[40]. 또한, 최근 중국의 대표 지도 애플리케이션 바이두지도(百度地圖)에도 이 지역에 대해 위치를 보호 표지에 새겨진 명칭을 그대로 사용한 '뤼순일아감옥구지묘지(旅順日俄監獄舊址墓地)' 위치 명과 주소가 검색되도록 업데이트되었다[41].

---

39 사진 출처: 旅順日俄監獄旧址博物館·大连市近代史研究所(2003), ≪旅順日俄監獄实录≫, 吉林人民出版社

40 김월배·판마오중(2014), ≪안중근은 애국 – 역사는 흐른다≫, 한국문화사

41 애플리케이션 속 위치 명을 표시하는 도형은 유적지를 나타내는 도형으로 표시하고 위치 명 옆에는 부가적으로 열사능원(烈土陵園)이라는 설명과 '정상개방', '24시간 영업'이라는 설명이 같이 제시되어 있다(바이두지도 애플리케이션 내 위치 검색일: 2024.11.26.).

[사진] 뤼순일아감옥구지묘지 보호 표지[42] [사진] 바이두지도에 업데이트된
뤼순일아감옥구지묘지

　　뤼순일아감옥구지박물관은 둥산포 지역의 일부를 발굴한 적이 있었다.
1965년 3월, 전람회 준비를 위해 발굴 도중 6구의 사체(死體) 목통(木桶)을 발
견했고, 1971년 발굴한 유골통 일부는 기존 감옥 15공장으로 옮겨 복원한 묘
지를 대중에게 공개했다[43]. 이렇듯 이 지역에서 죄수 유골통이 발견되었고,
뤼순일아감옥구지박물관에서는 이 지역을 뤼순감옥 묘지로 주장 및 인정하
고 있으며, 매년 청명절(淸明節)이 되면 이 지역을 청소하고 보호 표지 앞에서
순국한 영들을 기리고 있다.

42　저자 촬영

43　周愛民(2016), 〈深入挖掘歷史做好遺址保護－以旅順日餓監獄舊址爲例〉, ≪安重根硏究≫, 遼寧民
　　族出版社, 53－63

[사진] 뤼순일아감옥구지박물관과 둥산포 지역 위치 표시[44]

뤼순일아감옥구지박물관에서 뤼순감옥 묘지로 주장·공식적으로 인정하는 둥산포 지역을 조사 지역으로 선정했던 주요 유해 발굴조사에는 1986년의 북한 단독 유해 발굴조사가 있다. 이때 북한 조사단은 둥산포 지역을 시찰만 했을 뿐 발굴을 시도하지 않았고 뤼순지역 노인(조선족 포함)들을 대상으로 탐문 조사를 진행했다[45]. 이밖에 2006년 남북공동 발굴조사, 2008년 한중 공동 발굴조사, 2008년 중국 단독 발굴조사가 있는데, 그 내용은 다음 〈표 1〉과 같다.

---

44 사진 출처: 뤼순일아감옥구지박물관

45 劉志惠(2003), 〈朝鮮安重根遺骸調査團訪華紀實〉, ≪旅順監獄舊址百年變遷學術研討會文集(1902－2002)≫, 吉林人民出版社

安重根, 고국으로 返葬해 다오

〈표 1〉 주요 안중근 의사 유해 발굴조사

조사 기간	조사 참여 주체	조사 · 발굴 지역	조사 내용
1986.7.27. ~8.7.	북한 단독	마잉허우 (馬營後, 둥산포)[46] 지역	마잉허우에 있는 무덤의 옛터 참관 · 시찰, 군중좌담회 형식의 탐문 ⇒ 2006년 1차 남 · 북 발굴조사단의 조사 시에 뤼순감옥 공공묘지에 안중근 의사 유해가 묻혀 있지 않을 것이라는 의견 제시의 계기
2006.6.7. ~6.11.	남한과 북한 공동	위안바오산 (元寶山, 위안바오산) 지역	이마이 후사코(今井房子)[47] 여사가 최서면 원장에게 한 구술 증언(8–9세 때의 기억) + 사진 2장1911년 재감사자 추조회(在監死者追弔會)]을 근거 ⇒ 뤼순일아감옥구지(뤼순감옥) 뒷산 위안바오산 지역에 대한 조사 · 발굴 합의, 조사 · 발굴 지점으로 결정
1차 (2008.3.25. ~4.2.), 2차 (2008.4.10. ~4.29.)	한국과 중국 공동 (북한은 서류상으로만 동의)	위안바오산 지역	2006년 발굴 지점으로 결정한 위안바오산 현장조사, 위안바오산 하단지역 조사 · 발굴 작업 실시 ⇒ 안중근 의사 유해는 발굴되지 않고 오래된 생활 쓰레기만 발견
2008.5	중국 단독	샤오파오타이산 (小炮台山)[48] 지역	뤼순일아감옥구지박물관 관장인 화원구이(華文貴)와 뤼순감옥구지 주차장 경영자 류완리(劉萬裏)의 대화[안중근 매장지에 대해 좀 알고 있다는 지인의 말을 들었다, 조선인(고려인) 묘가 있다.] ⇒ 뤼순감옥구지 북서쪽 샤오파오타이산 지역 발굴작업 진행, 생토만 나옴

※ 旅順日俄監獄舊地博物館 · 大連市近代史研究所(2003), 통일부(2006), 통일부(2008), 안중근 의사 한 · 중 유해발굴단 · 국가보훈처 · 충북대학교 · 한국지질자원연구원(2008), 旅順日俄監獄舊址博物館 · 大連市近代史研究所(2008), 박선주(2011), 김월배 · 판마오중(2014), 王珍仁(2015), 김월배(2021), 김월배 · 김이슬 외(2023) 참고 · 저자 정리

---

46 마잉허우(馬營後)는 '마위쿤(馬玉昆) 장군의 병영(兵營) 뒤(後)'라는 의미. 뤼순에 사는 사람들에게 예전부터 '마잉허우' 또는 '마잉허우묘지'라 불리거나 '둥산포(東山坡)'라 지칭.

47 1910년대 뤼순감옥 초대 감옥소장 구리하라의 셋째딸

48 샤오파오타이산(小炮台山, 소포태산) 또는 반다오인샹(半島印象, 반도인상) 지역이라 지칭

이상의 주요 안중근 의사 유해 발굴조사에서 조사 지역으로 선정했던 세 곳(위안바오산 지역, 샤오파오타이산 지역, 둥산포 지역) 중, 둥산포 지역은 다른 두 곳과 달리, 전체를 발굴해 보지 못한 점, 조선 통감부 통역 소노키 스에요시의 '안의 사형 시말 보고' 내용, 1944년 뤼순감옥(당시는 뤼순형무소) 근무 의사였던 고가 하츠이치(古賀初一)나 뤼순일아감옥구지박물관 근무 직원 등의 증언과 이를 바탕으로 한 현지조사[49], 둥산포 지역의 지형적 특징(현재는 아카시아 나무가 많이 심겨 있는데, 볕이 잘 들어 일반 사람들도 묘지로 많이 사용한 만큼, 이 지역이 뤼순감옥 공동묘지였을 것이고, 안중근 의사도 이곳에 매장됐을 가능성 제기)[50], 1965년 발견된 6구의 유골 목통[51], 현지인들의 증언[52] 등을 근거로, 현재까지 둥산포에 안중근 의사가 묻혔다는 사료나 공식적인 기록은 없으나[53], 둥산포 지역에 안중근 의사가 매장됐을 가능성이 큰 것으로 보는 의견이 많다[54].

---

49 김영광(2010), 〈1910年代安重根義士墓域〉

50 연합뉴스(2023.11.02.), "안중근 유해 발굴 희망 마지막 장소는 뤼순 공동묘지 둥산포"

51 周愛民(2016), 〈深入挖掘歷史做好遺址保護－以旅順日餓監獄舊址爲例〉, ≪安重根硏究≫, 遼寧民族出版社, 53－63

52 大連日報(2012.3.30.), "旅順監獄舊地墓地的前世今生"

53 김월배(2023), 〈한국 정부의 안중근 유해 추정 3대 지역 고찰〉, 대련의 한국인, 16(3), p.58

54 연합뉴스(2010.10.24.), "안중근 의사 유해 영원히 사라진 듯"; 문화일보(2015.03.26.), "안중근 의사 묘소 中 둥산포 유력… 빨리 서울로 모셔야"; 시사저널(2023.06.09.), "안중근 의사 유해는 '둥산포'에 묻혀 있을 것"; 연합뉴스(2023.11.02.), "안중근 유해 발굴 희망 마지막 장소는 뤼순 공동묘지 둥산포"; 문화일보(2023.11.18.), "안중근 유해찾기, 민간 차원 '韓中 합동협조단' 구성해 '둥산포' 발굴 서둘러야" 등

安重根, 고국으로 返葬해 다오

2.2.2. 유해 보존의 가능성

1) 화장(火葬) 주장의 의견

먼저, 안중근 의사 유해에 대해 화장을 주장하는 의견[55]이 있는데, 이를 논의해 보고자 한다. 안중근 의사 유해를 찾지 못했고 그 매장 추정지에 대한 설만 분분한 것은 이미 화장돼 남아 있지 않았기 때문이라는 의견이 있으나, 이 의견은 아무 사료나 기록 및 자료와 같은 실제적 근거가 없는 의견으로, 안중근 의사의 매장 관련 기록이 상술한 바와 같이 많은 데 비해, 화장에 대한 근거가 없어 설득력이 떨어지는 의견이다. 또 다른 화장을 주장하는 의견에서 제시한 근거는 일본 외무성 소장 〈이토 공작 만주 시찰 일건〉 11책 총람 중 〈기밀(機密) 제14호〉의 내용이다.

"그 유해(遺骸)를 인수하며 동인(同人)의 흉행지인 이곳 한국인 묘지에 후히 매장하고 한국인의 모금으로 장려한 묘비와 기념비를 건설하여 애국지사로서 일반 한국인들 숭상의 중심으로 하자는 계획을 세워 진력하는 움직임이 이곳 한인들 사이에 있다고 합니다. 이것이 단지 이곳 재류 한인 일파의 희망으로 그칠지, 바야흐로 러시아 영토에 재류하는 일반 배일 한인의 희망이 될지는 아직 알 수 없지만 상상할 수 있는 계획이라 생각됩니다. 처형 죄수의 시체 처분 방식은 물론 상당하는 소정의 절차가 있을 수 있다고 생각하지만, 혹시 이 사형수의 시체에 대해 유족들의 손에 건네준다면 어쩌면 그 못된 자들의 계획이 실현되지 않으리라 보장하기 어려우니 장래를 위해 바람직하지 않다고 생각됩니다. 그런 부분을 주의하시고 마땅히 조치해 주시기를, 이번에 만일을 대비해 말씀 드립니다."[56]

---

55 문화일보(2013.9.16.), "안중근 의사 유해 火葬 가능성"
56 김월배·김이슬 외(2023), 《유해 사료, 안중근을 찾아서》, 진인진, p.75의 번역 내용 인용

화장의 근거로 제시한 〈기밀 제14호〉의 내용을 통해 유추할 수 있듯이, 이 문건은 화장의 근거이기보다 안중근 의사 유해를 유족들에게 인도 거부의 근거에 가깝다고 할 수 있다. 안중근 의사 유해를 가족들에게 인도하면 첩보에 따른 문제 발생의 우려가 있으니 유해 인도를 거부하는 것을 제안하는 내용이 화장의 근거가 될 수 없다고 판단된다. 또한, 〈기밀 제14호〉의 발신일은 1910년 2월 22일로, 안중근 의사 순국일인 동년 3월 26일보다 한 달가량 앞선 시기이다. 위 기밀의 수신인인 외무대신백작 고무라 쥬타로가 기밀 내용 속 첩보의 내용인 하얼빈이 애국지사 숭상의 기념적인 장소가 될 것을 우려해 유해를 유족들에게 인도 거부가 아닌 화장을 하게 했다면, 관동도독부 감옥서에서는 상부의 지시에 따라 매장의 과정 없이 바로 화장을 진행했을 것이다.

하지만 안중근 의사 유해 매장 관련 기록, 그중 특히 안중근 의사의 통역을 맡았던 소노키 스에요시가 작성한 '안의 사형 시말 보고'에 따르면, 안중근 의사 유해는 관동도독부감옥서에서 특별히 제작한 침관에 안치한 뒤, 특별히 하얼빈 의거 동지 우덕순(禹德淳, 1876~1950)·조도선(趙道善, 1879~미상)·유동하(劉東夏, 1892~1918)를 끌어내어 교회당에서 예배하게 하고, 오후 1시에 감옥서 묘지에 매장했다는 기록이 있다. 화장의 지시가 있어 이를 이행할 것이었다면 위 기록과 같은 감옥서에서 특별히 만든 침관 안치·예배·매장의 과정이 없었을 것이다. 그러므로 〈기밀 제14호〉가 화장의 근거가 될 수 없을 것으로 보인다.

오히려 일본감옥법 제73조의 "재감자가 사망했을 때는 이를 가장(假葬, 임시매장)한다. 시체는 필요하다고 인정된 경우 이를 화장할 수 있다. 시체 또는 유골은 가장해 2년이 지난 후 이를 합장할 수 있다."라는 내용을 근거로 들었으면, 안중근 의사 매장과 관련해 화장 또는 합장 가능성을 제기할 수도 있었겠다고 판단된다.

그러나 제73조를 보면, '가장한 유해'에 대해서 '필요의 경우' 화장을 진행하는 것을 확인할 수 있다. 안중근 의사 유해가 화장됐을 것이라는 가능성을 제기하는 의견에 동의하려면, 안중근 의사 유해가 '가장되어야 함'이 선행되어야 하고, 그 후에 어떤 '필요의 경우'라는 조건에 부합돼서 화장이 진행되어야 할 것이다. 안중근 의사 유해가 가장될 가능성을 살펴보자면, 가장되는 재감자 유해의 조건은 제181조 내용에 따라, '사망 후 24시간이 지나 시체 교부를 요청하는 자가 없을 때' 감옥 묘지에 가장한다는 조건에 부합해야 한다.

그렇지만 안중근 의사 유해는 위 경우와 다르게 두 동생이 안중근 의사 순국 후, 시체 교부를 요청했으나 일방적으로 그 요청을 거부당한 것으로 가장의 조건에 부합하지 않는다. 또한, 소노키 스에요시의 보고에 감옥서에서 특별히 제작한 침관에 넣어 매장했다는 기록이 있다. 안중근 의사의 유족도 아니고, 재중 한인들도 아니고 감옥서에서 사형수인 안중근 의사를 매장할 관을 침관의 형태로 만들었다는 것이다. 관련 내용으로 1910년 3월 10일 자 성경시보(盛京時報)에는 "구리하라 형무소장이 안중근 의사의 사정을 고려해서 파격적으로 하얼빈 소나무로 만든 관에 안치시켰다."[57]라는 내용이 보도되었다.

[사진] 성경시보, 1910년 3월 10일 자 기사[58]

---

57 김월배 · 김이슬 외(2023), ≪유해 사료, 안중근을 찾아서≫, 진인진, p.145의 번역 내용 인용

안중근 의사 유해 매장을 위해 감옥서에서 특별히 하얼빈 소나무로 제작해서 매장했는데, 그 침관을 화장하기 위해 임시 매장했을 것이라는 가능성은 작다고 판단된다. 게다가 비록 안중근 의사 유해를 유족들에게 넘겨주지 않았을지언정, 당시 관동도독부감옥서 내에는 안중근 의사와 인간적인 깊은 교류를 나누던 교회사 츠다 가이준을 비롯한 안중근 의사의 인격과 덕풍에 감동한 일본 사람들이 있었다. 그리고 안중근 의사 유해에 대해 특별히 존중했던 사실만 보더라도 가장 및 화장의 가능성은 낮은 것으로 판단할 수 있다.

2) 기상 재해로 인한 묘지 및 유해 훼손의 가능성

안중근 의사가 순국한 지 115년이 됐다. 앞서 살펴본 안중근 의사 매장 관련 사료의 기록에 따라 안중근 의사가 관동도독부감옥서 묘지에 매장돼 있다면, 긴 세월 동안 묘지와 유해의 훼손 가능성에 대해서도 고찰해 봐야 한다.

박선주[59](2011)[60]는 2008년 안중근 의사 유해 발굴조사에 대한 보고서와 같은 연구로 당시 유해 발굴조사 경위, 발굴 예비조사, 발굴조사에 사용된 자료, 발굴조사 지역 위치와 현황, 발굴조사 방법, 발굴조사 결과에 대해 상세히 기술돼 있다. 이 연구에서 2008년 안중근 의사 유해 발굴조사 결과를 검토하며, 앞으로 후속 연구에 조사가 필요한 여러 사항 중, 1910~20년대 뤼순지역에 지형 변화를 일으킨 기상 상황(홍수)의 확인이 필요하다고 후속 연구의 과제로 남겨두었다. 이에 대한 조사가 필요한 이유는 2008년 안중근 의사 유해 발굴조사 당시 발굴 지역(위안바오산 지역) 토양 분석 결과 범람에 의한 퇴적작용이 있었던 것으로 추정되는데, 이는 1910~20년대 이 지

---

58 사진 출처: 국가보훈처(2022.10.26.) 보도자료, "안중근 의사 유해, 하얼빈산(産) 소나무 관 안치 후 조촐한 장례" – 국가보훈처, 안중근 의사 순국 당시 중국 현지 신문기사 최초 발굴 및 공개 –
59 박선주 교수는 2008년 안중근 의사 유해 발굴조사 당시 유해발굴단 단장이었음.
60 박선주(2011), 〈안중근 의사 유해 추정매장지 연구〉, 人文學誌, 43(2), 1 – 41

역의 큰 폭풍우에 의한 결과와 연관이 있다고 예상했다.

안중근 의사 연구 전문가인 하얼빈이공대(哈爾濱理工大學) 김월배(金月培) 교수 역시 안중근 의사 유해 관련 자료 수집에 있어서 헤이룽장(黑龍江)성과 다렌시 당안관 자료의 열람이 중요하다고 하며, '1910년과 그 후의 기상자료' 등[61]이 있는지 확인해야 한다고 했다[62].

이에 따라, 박선주(2011)에서 조사·확인이 필요하다고 한 1910~20년대 뤼순지역의 홍수뿐 아니라, 뤼순지역의 전반적인 강수량, 자연재해 등에 대해서 관련 데이터 수집·분석을 통해 안중근 의사 묘지 및 유해 훼손의 가능성을 살펴보았다. 수집한 자료는 다음과 같다.

① 뤼순의 전반적인 모든 영역에서 과거부터 현재까지의 중요 사실 및 통계 자료 등이 기록된 ≪뤼순커우구지(旅順口區志)≫[63]에 수록된 뤼순의 강수 데이터 및 자연재해 기록 자료

② 중국 국가 칭창고원과학데이터센터(國家青藏高原科學數據中心)와 彭守璋 (2020)[64]에서 얻은 1901년~2022년 랴오닝성 향진급 축년 강수 데이터(遼寧省鄉鎭層級的逐年降水數據) 중 안중근 의사 순국 연도인 1910년 이후부터 2022년까지의 다렌시, 뤼순커우구, 덩펑가(登峰街道)[65]

---

61 이밖에, 안중근 의사 의거 현장에 대한 구체적 사료, 안중근 의사 하얼빈 11일간 행적, 안중근 의사 유해 관련 자료, 관동도독부 당시의 헌병 자료, 1910년 뤼순지역의 지도 등의 확인이 필요하다고 언급

62 문화일보(2018.07.12.), "안중근 유해 발굴, 남북 공동으로 나서면 中 협조할 것"

63 중국은 대부분 지역마다 각 지역 역사 관련 업무 담당 기관에서 약 1890년대(혹은 1900년대 초반)부터 최근의 그 지역에 관련된 자연환경, 인구, 경제, 교육 등의 기록 및 통계 데이터를 출간. 뤼순커우구지 역시 뤼순지역의 대략적인 자료를 담고 있음.

64 彭守璋(2020), 〈中國1km分辨率逐月降水量數據集〉, 國家青藏高原數據中心.

65 둥산포 지역(뤼순일아감옥구지박물관 공식 인정 뤼순감옥 묘지 구지(舊址))의 주소는 大連市旅順口區登封街道挪威森林小區北75米로 덩펑가(登封街道)에 위치해 있으므로, 각각 다렌시, 뤼순커우구, 덩펑가의 강수량을 분석. 행정구역상 크기는 다렌시, 뤼순커우구, 덩펑가 순.

③ 중국 국가통계국(中國國家統計局)에서 매년 발표하는 통계 자료인 ≪중국통계연감(中國統計年鑒)≫(2018년~2024년 각 연도별 자료)에 제시된 주요 도시 강수량 데이터 중 다롄시 강수량 데이터(다롄시 강수량 데이터는 2018년 연감부터 제공되어 2017년부터 그 데이터를 확인 가능. 따라서 수집한 자료는 2017년~2023년의 자료)

≪뤼순커우구지≫의 자연재해 관련 기록에 따르면, 뤼순지역은 예전부터 가뭄, 바람과 물의 재해가 빈번했다고 한다. 1911년, 뤼순에는 폭우로 인한 해난(海難)이 5건 발생해 어민 24명이 사망했다는 기록을 확인했다[66]. 1911년은 안중근 의사 순국 이듬해이고, 또한 이 재해 기록은 박선주(2011)에서 언급한 토양 분석 결과에 따른 범람에 의한 퇴적작용이 1910년~20년대 있었을 것으로 추정된다는 내용과 실제 일치함을 확인할 수 있는 기록으로서, 뤼순지역 토양 유실 가능성을 확인한 기록이라고 할 수 있다.

1911년 외에도 다른 기상 재해의 가능성에 대해 살펴보기 위해, 우선 1910년~2022년까지의 강수량 데이터를 모두 확인할 수 있는 칭창고원과학데이터센터에서 얻은 다롄시, 뤼순커우구, 덩펑가 강수량을 분석했다. 그리고 칭창고원과학데이터센터는 자료를 통해, 1910~2022년 총 113개년의 강수량 데이터를 확인할 수 있지만, 축년 월평균 자료이기 때문에 월별 데이터를 확인할 수 없다. 이에 따라, 월별 강수량을 확인하기 위해 ≪뤼순커우구지≫에서 확인할 수 있는 1964년~1985년 뤼순의 축년 월별 강수량 데이터와 ≪중국통계연감≫에서 수집한 2017년~2023년 다롄시 축년 월별 강수량 데이터의 분석으로 과거부터 현재까지 강수량을 분석해 보았다.

---

66 大連市旅順口區史志辦公室(1999), ≪旅順口區志≫, 大連出版社, p.169

36   安重根, 고국으로 返葬해 다오

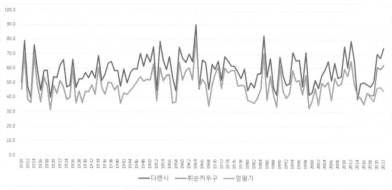

〈그림 1〉 다렌시, 뤼순커우구, 덩펑가의 축년 월평균 강수량(1910년~2022년)

자료: 國家青藏高原科學數據中心 자료를 바탕으로 저자 작성

단위: mm

〈그림 1〉과 같이, 1910년~2022년까지 다렌시, 뤼순커우구, 덩펑가 축년 월평균 강수량 변화를 살펴보면, 우선, 뤼순지역과 덩펑가의 평균 강수량은 거의 비슷하다는 것(2020년~2022년 제외)과 다렌시 전체 평균 강수량보다 적지만 세 지역 강수량 추세 모양이 동조화 형태로 나타나고 있다는 것을 확인할 수 있다(2020년~2022년 덩펑가는 다른 두 지역과 달리 강수량 증가 폭이 높지 않음). 아래 〈표 2〉는 통계분석 프로그램 SPSS Statistics 25.0을 사용해 기술통계를 분석한 결과이다.

〈표 2〉 다렌시, 뤼순커우구, 덩펑가의 축년 월평균 강수량(1910년~2022년)의 기술통계

기술통계량						
	N	최소값	최대값	평균	표준편차	분산
다렌시	113	38.93	90.10	58.59	10.26	105.19
뤼순커우구	113	31.14	81.75	48.65	9.55	91.28
덩펑가	113	31.23	81.67	48.23	9.36	87.63
유효 N(목록별)	113					

〈표 2〉의 기술통계 결과처럼, 113개년(1910년~2022년) 동안 뤼순커우구와 덩펑가 월평균 강수량은 각각 48.65mm, 48.23mm로 나타나는데, 약 0.4mm 정도 차이로 거의 비슷하다는 것을 알 수 있으며, 이 두 지역의 월평균 강수량은 다롄시(58.59mm)와 비교했을 때 약 10mm 정도 적다는 것을 확인할 수 있었다. 〈표 2〉에서 다롄시, 뤼순커우구, 덩펑가 최대값을 보면, 각각 90.1mm, 81.75mm, 81.67mm의 수치로, 각 지역의 월평균 강수량의 약 1.5배에 달하는 강수량이 내린 적이 있다는 것을 확인할 수 있었다(이에 대한 분석은 아래 〈표 3〉에서 살펴보도록 하겠다).

앞서 살펴본, ≪뤼순커우구지≫에 1911년 뤼순에 폭우가 있었다는 기록 역시, 칭창고원과학데이터센터의 1911년 강수량 자료를 통해 교차 확인할 수 있었다. ≪뤼순커우구지≫에서 1911년의 폭우는 해난을 불러일으킬 정도였다는 기록에 따라, 그 정도의 폭우가 내렸던 1911년 월평균 강수량의 정도가 얼만큼인지 칭창고원과학데이터센터의 자료에서 확인한 결과, 뤼순은 69.2mm, 덩펑가는 69.4mm였다는 것을 확인할 수 있었다. 1910년~2022년 뤼순과 덩펑가의 축년 월평균 강수량이 각각 48.6mm, 48.2mm라는 것에 따라, 월평균 60mm를 기준으로 이 이상의 강수량 내린 연도를 확인해 보았다.

〈표 3〉 뤼순커우구, 덩펑가 지역 폭우(홍수) 추정 연도에 따른 월평균 강수량

연도	1911	1914	1926	1934	1951	1953	1959	1962
뤼순커우구	69.2	69.0	61.2	60.6	63.1	60.7	64.2	60.4
덩펑가	69.4	69.0	61.1	60.6	63.0	60.6	64.1	60.4
연도	1964	1971	1973	1985	1990	2012	2020	2022
뤼순커우구	81.8	61.4	60.3	69.9	62.1	65.2	61.4	62.8
덩펑가	81.7	61.4	60.5	69.7	62.1	65.3	46.9	44.8

자료: 國家靑藏高原科學數據中心 자료 참고, 저자 정리

단위: mm

〈표 3〉과 같이, 1911년~2022년 사이, 뤼순지역은 총 16개년, 덩펑가는 총 14개년에서 월평균 강수량이 60mm 이상이었던 것으로 나타났다[67]. 특히, 박선주(2011)에서 1910~20년대 뤼순지역에 지형 변화를 일으킨 기상 상황(홍수)의 확인이 필요하다고 언급한 바에 따라 확인한 결과, 이 시기에 해당하는 1911년, 1914년, 1926년의 월평균 강수량도 60mm 이상이었다. 1914년의 월평균 강수량은 폭우가 있었다는 1911년과 거의 비슷하다는 점도 확인할 수 있었다. 주목할 것은 1964년 월평균 강수량이 두 지역에서 모두 폭우가 내렸을 것으로 추정되는 월평균 60mm 이상의 기준보다 20mm 더 많은 각각 81.8mm, 81.7mm로 측정됐다는 사실이다. 이 기록은 칭창고원과학데이터센터에서 관측할 수 있는 1901년부터 2022년까지 121년 동안 없었던 유일한 기록이었다. 연 강수량이 여름에 집중되는 뤼순지역에서 1964년의 월평균 강수량을 보았을 때, 이 시기에 집중적인 폭우가 있었을 것으로 추정되며 현재까지 전무후무한 기록으로 봤을 때 뤼순지역의 지형 변화를 일으킬 만한 정도였을 것으로 추정된다.

위 〈표 3〉에서 확인한 폭우 추정 연도(월평균 강수량 60mm 이상의 연도)[68]에 강수와 관련된 어떤 재해가 있었는지 ≪뤼순커우구지≫의 자연재해 기록 중 '수재·풍재·대풍랑'의 기록으로 교차 확인했다. ≪뤼순커우구지≫ '수재·풍재·대풍랑' 기록에는 1949년~1985년의 재해 내용만 제시되어 있어 〈표 3〉에서 확인한 폭우 추정 연도 중, 1911, 1914, 1926, 1934, 1990, 2012, 2020, 2022년의 기록은 확인할 수 없었다[69]. 1949년~1985년 재해 기록 중, 1951, 1953, 1971년에 대한 '수재·풍재·대풍랑' 재해 내용은 없었으나 1959, 1962,

---

67 덩펑가는 행정구역상 뤼순커우구보다 작은 단위로 뤼순지역 안에 포함되지만 2020년, 2022년 뤼순 월평균 강수량이 60mm를 넘은 것과 달리, 덩펑가 지역은 50mm도 넘지 못함.

68 1911, 1914, 1926, 1934, 1951, 1953, 1959, 1962, 1964, 1971, 1973, 1985, 1990, 2012, 2020, 2022년 (2020년과 2022년은 뤼순커우구 월평균 강수량만 60mm 이상이고, 덩펑가는 50mm 미만)

69 ≪뤼순커우구지≫의 출판연도는 1999년이라 그 이후의 데이터는 확인 불가(大連市旅順口區史志辦公室(1999), 大連出版社)

1964, 1985년의 관련 재해 내용을 확인할 수 있었다. 아래 〈표 4〉는 칭창고원 과학데이터센터의 자료로 확인한 〈표 3〉의 폭우 추정 연도의 월평균 강수량 과 ≪뤼순커우구지≫에 기록된 1949년~1985년의 '수재·풍재·대풍랑' 재 해 내용을 함께 정리한 것이다.

〈표 4〉 뤼순 강수량 월평균 60mm 이상인 연도의 수재·풍재·대풍랑 재해(1949년~1985년)

연도	월평균 강수량	재해 기록 여부	재해 날짜	재해 내용
1951	63.1mm	×	—	—
1953	60.7mm	×	—	—
1959	64.2mm	O	4월 18일 ~20일	59시간 7~8급의 남동풍, 9급 돌풍, 해수면 파 도 2~3미터
1962	60.4mm	O	8월 7일	8호 태풍의 영향으로 해수면 6~8급 풍력 발생
1964	81.8mm	O	4월 5~7일	폭풍우·발해 해역 12급 돌풍이 30여 시간 지속
			7월 13, 27, 29일	−세 차례(13, 27, 29일) 모두 폭우 정도의 강우 로, 총 강우량은 526.6mm −13일 한때 30분간 40mm의 비가 내렸고, 8~9 급의 강풍을 동반 −29일은 연속 8시간 225.4mm의 비가 내림 −세 차례(13, 27, 29일)의 폭우·태풍으로 뤼순 전 지역 80%의 수고(樹高)가 높은 과실수가 쓰러짐
1971	61.4mm	×	—	—
1973	60.3mm	O	7월 19일	3호 태풍의 영향으로 약 100mm의 비가 내림
1985	69.9mm	O	8월 18 ~19일	−9호 태풍. 18일 9시, 동남풍이 점차 강해져 16시에는 7~8급의 돌풍과 큰 폭우를 동반. 19~20시경 바람이 멈춤. 이후 풍향이 남서 쪽에서 북서쪽으로 바뀌며 풍력은 10급, 돌 풍은 12급에 달함 −18~20일 총 강우량은 300mm

자료: 大連市旅順口區史志辦公室(1999), 國家青藏高原科學數據中心의 자료를 바탕으로 저자 정리

安重根, 고국으로 返葬해 다오

이상의 뤼순지역 1949년~1985년 '수재 · 풍재 · 대풍랑' 기록을 통해 강수량 월평균 60mm 이상을 기록한 연도의 수재 · 풍재 · 대풍랑 재해 내용을 확인할 수 있었다. 특히, 칭창고원과학데이터센터 강수량 자료에서 확인한 역대급 강수량을 기록한 1964년에 대해 ≪뤼순커우구지≫의 '수재 · 풍재 · 대풍랑' 재해 기록에서도 일치하는 내용을 확인할 수 있었다. 그 밖의 다른 폭우 추정 연도에 대한 내용 역시 칭창고원과학데이터센터 자료와 일치하는 부분을 확인할 수 있었다. 이는 칭창고원과학데이터센터에서 수집한 1910년~2022년 축년 월평균 강수량 자료와 ≪뤼순커우구지≫의 '수재 · 풍재 · 대풍랑' 기록의 교차 검증 차원에서 유의미한 결과라 할 수 있다.

여름에 비가 집중되는 뤼순지역 특성상, 7, 8월에 폭우와 관련된 재해가 많이 발생했다는 것을 확인할 수 있었다. 특히, 〈표 3〉에서 확인한 칭창고원과학데이터센터 강수량 자료 중, 1964년에 전무후무한 역대급 강수량을 확인할 수 있었는데, 이와 관련된 재해 내용 역시, 〈표 4〉와 같이 ≪뤼순커우구지≫의 재해 기록에서 확인할 수 있었다. 1964년은 7월에 발생한 단 세 차례의 폭우에서 526.6mm의 강수량을 기록했는데 뤼순은 여름에 비가 집중해 내리는 지역이라는 것을 고려하더라도 뤼순지역 22년간(1964년~1985년) 강수량[70]과 비교해 봤을 때, 이 22년간 7월 평균 151.8mm, 8월 평균 165.1mm를 합친 강수량을 큰 차이로 넘는다는 것과 이 기간 연평균 강수량(592.7mm)과 비교해도 큰 차이가 없다는 것을 확인할 수 있었다. 거의 1년간 내린 총강수량만큼 비가 세 차례 내렸다는 것은 뤼순지역의 지형 변화를 일으킬 만한 폭우였다는 점에서 주목할 필요가 있다.

이어서 뤼순지역 강수의 집중도를 파악하기 위해서 월별 강수량 자료 분석이 필요한데 상술한 바와 같이, 위에서 분석한 칭창고원과학데이터센터 자료는 축년 월평균 자료로서 월별 강수량을 확인할 수 없으므로, 월별 자료

---

70 大連市旅順口區史志辦公室(1999), ≪旅順口區志≫, 大連出版社, p.140-141

를 확인 가능한 ≪뤼순커우구지≫와 ≪중국통계연감≫의 연도에 따른 월별 강수량 자료를 사용해 강수의 집중도를 파악해 보도록 하겠다. ≪뤼순커우구지≫에서는 1964년~1985년 뤼순의 월별 강수량을 확인할 수 있고, ≪중국통계연감≫의 통계 자료 중 주요 도시 강수량 자료에서는 뤼순과 같은 구(區) 단위의 행정구역의 자료까지는 세세히 제시되지 않아 뤼순이 속한 다롄시의 자료를 확인할 수 있다. 다롄시의 자료는 2017년부터(≪중국통계연감(2018)≫) 제시돼 있다. ≪뤼순커우구지≫ 자료에서는 과거의 자료를 얻을 수 있고, ≪중국통계연감≫에서는 비록 뤼순지역보다 행정단위가 큰 다롄시의 자료지만 2017년~2023년이라는 최근의 자료를 얻을 수 있다. 또한. 두 자료는 칭창고원과학데이터센터 자료보다 분석 가능한 연도는 짧지만, 월별 자료가 제시되어 강수의 집중도 파악 및 분석이 가능하다.

강수의 정도 파악 전, ≪뤼순커우구지≫ 자료와 칭창고원과학데이터센터 자료(1964년~1985년 뤼순 축년 월평균 강수량), ≪중국통계연감≫ 자료와 칭창고원과학데이터센터 자료(2017년~2022년 다롄 축년 월평균 강수량)의 상호 신뢰 정도를 파악하기 위해 각 자료 사이에 나타난 오차의 정도를 확인했다. 우선, ≪뤼순커우구지≫ 자료와 칭창고원과학데이터센터 자료에 제시된 1964년부터 1985년까지 뤼순 축년 월평균 강수량 자료의 오차값을 계산한 결과, 평균 6.49의 오차값을 보였다. 이 중, 1975년의 오차값이 21.47로 다른 연도들의 오차값과 비교적 큰 차이를 보여, 이를 제외한 평균 오차를 다시 계산한 결과 평균 오차는 5.77mm인 것으로 나타났다. 또한, ≪중국통계연감≫ 자료와 칭창고원과학데이터센터에 제시된 2017년부터 2022년까지 다롄 축년 월평균 강수량 자료의 오차값을 계산한 결과, 평균 2.61의 오차값을 보였다. 그중, 2022년의 오차값은 9.62로 다른 연도들의 오차값과 비교적 큰 차이를 보여, 이를 제외한 평균 오차를 다시 계산한 결과, 평균 오차는 1.2mm인 것으로 나타났다. ≪뤼순커우구지≫ 자료와 칭창고원과학데이터센터의 오차가 위 두 자료의 오차값보다 크지만, 강수량의 절대적인 값으로 보았을 때, 크지 않으므로 ≪뤼순커우구지≫의 월별 자료도 분석 대상에 포함했다.

〈그림 2〉 뤼순지역 강수 집중 정도(1964년~1985년)

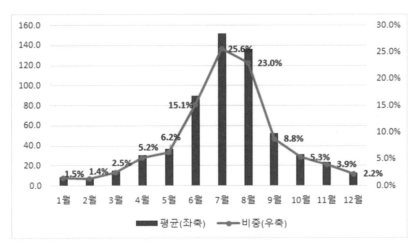

자료: 大連市旅順口區史志辦公室(1999) 자료를 바탕으로 저자 정리

단위: 평균(mm), 비중(%)

〈그림 3〉 다롄시 강수 집중 정도(2017년~2023년)

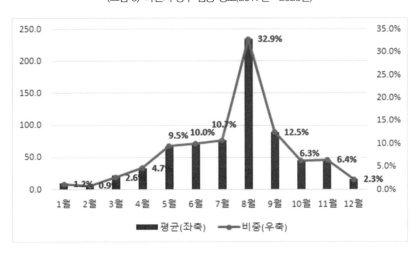

자료: 中國國家統計局 자료를 바탕으로 저자 정리

단위: 평균(mm), 비중(%)

〈그림 2〉의 22년간의 통계(1964년~1985년)를 통해, 이 기간, 뤼순지역 강수는 주로 7, 8월에 집중돼 있었다는 것을 확인할 수 있다. 7, 8월 강수 비중은 각각 25.6%, 23%로 비슷한데, 계절별로 봤을 때, 6~8월을 포함한 여름 강수량이 63.7%를 차지한다는 것을 확인할 수 있다.

이어서, 7년간의 통계(2017년~2023년)로 다롄시 강수 집중 정도를 일반화할 수는 없겠지만 월별 평균 강수 분포와 이 기간에 차지하는 강수의 비중을 통해 강수의 집중 정도를 대략 파악할 수 있다. 〈그림 3〉의 분석 자료가 다롄시의 강수량 자료이기는 해도 위에서 칭창고원과학데이터센터 자료와 교차검증 시, 오차값이 1.22mm로 작았다는 점, 그리고 2017년부터 2023년까지의 최신 자료라는 점에 의의가 있다. 물론 다롄시 자료라 그 분포가 뤼순지역 자료보다 넓기는 해도 다롄은 뤼순을 포함하는 행정구역이고, 〈표 2〉에서 칭창고원과학데이터센터 자료에 제시된 1910년부터 2022년의 다롄, 뤼순의 강수량 분석 결과에서 축년 월평균 강수량 약 10mm의 차이가 연도마다 거의 비슷하게 나타났다는 점, 〈그림 1〉에서와 같이 그래프 모양이 동조화 현상을 보인다는 점이 있다.

또한, 본 장에서는 위의 자료를 통해 월별 강수 집중 정도만 파악하기 위해 분석하였으므로 〈그림 3〉의 자료로 월별 강수 집중 정도 파악에 큰 문제가 없을 것으로 판단된다. 〈그림 3〉의 분석 결과, 이 기간의 다롄 지역 강수는 주로 8월(32.9%)에 집중돼 있었다는 것을 확인할 수 있다. 계절로 보면 여름철(6월~8월)에 강수량 비중이 53.6%로 집중된 것을 확인할 수 있었다. 〈그림 2〉와 비교해 보면, 〈그림 3〉은 8월 강수량이 가장 집중된 반면, 〈그림 2〉는 7월 강수량이 8월 강수량보다 많았어도, 그 차이는 크지 않다. 또한 〈그림 3〉에서는 초가을에 속하는 9월 강수량이 12.5%로 6월(10%), 7월(10.7%)보다 많은 것으로 나타난 점도 다르다.

〈그림 2〉, 〈그림 3〉을 통해, 둘 다 여름철에 강수량이 집중된 것을 확인할 수 있으며, 여름철 약 2~3달의 기간 동안 1년의 총강수량 중 절반 이상이

집중된 것을 알 수 있었다. 이를 통해, 특히 강수량이 집중되는 여름철, 평년과 달리 기록적인 폭우가 내린 해가 있다면, 지형의 변화(토양의 유실 등)를 일으켰을 가능성도 작지 않다. 이는 안중근 의사 유해 보존과도 연결되는 요인으로써 고려해야 할 사항이 된다.

한편, 2008년 안중근 의사 유해 발굴조사 당시, 실시한 토양분석에서 발굴지역(위안바오산 지역) 토양은 pH 6 이하의 산성토양으로 밝혀졌다[71]. ≪뤼순커우구지≫의 뤼순지역 토양 화학 성질 상황에 대한 기록을 보면, 뤼순지역의 토양 종류를 56종으로 분류하였고 그 분류에 따른 산도(pH)를 나타냈다[72]. 이 자료를 바탕으로 56종 토양의 산도 평균을 계산하면 pH 6.81의 값이 나타난다. 둥산포 지역에 대한 pH를 조사한 것이 아니므로 정확히 파악할 수는 없지만, 2008년 유해 발굴 당시 지역인 위안바오산 지역[73]은 둥산포 지역과약 1킬로미터 떨어진 곳으로 두 지역 사이의 거리가 멀지 않다는 점에서, 2008년 유해 발굴 시 토양 분석한 pH 6 이하라는 값과 ≪뤼순커우구지≫의 자료로 계산한 뤼순지역 평균 pH 6.81 값을 사용해 둥산포 지역의 산도 값도약 pH 6 정도일 것이라고 가늠할 수 있다. ≪뤼순커우구지≫에서는 56종의 토양 산도를 제시하면서 일정 pH 수치에 따른 산도의 정도 분류 기준을 제시하고 있다(pH 3.8~5.5는 산성, pH 5.5~6.5는 약산성, pH 6.5~7.5는 중성, pH 7.5~8.5는 약알칼리성)[74]. 이에 따라, 둥산포 지역 토양이 pH 6 정도라면 약산성에 가까운 것으로 가늠된다. 그러나 이 정도의 산도에 대해 박선주(2011)에서는 pH 6 이하의 산성토양의 조건에서는 유해 편들이 보존되기 어렵다고 하였다.

---

71 박선주(2011), 〈안중근 의사 유해 추정매장지 연구〉, 人文學誌, 43(2), 1−41

72 大連市旅順口區史志辦公室(1999), ≪旅順口區志≫, 大連出版社, p.116−118

73 뤼순일아감옥구지박물관 뒷산 해발 90m 위안바오산의 능선 말단부에 해당하는 3.5부 능선 가까이 자리하는 남서쪽 군부대 담장 쪽 부분(100X30m)과 남동쪽 골짜기 지역(70X30m)(박선주, 2011, p.22, 24)

74 大連市旅順口區史志辦公室(1999), ≪旅順口區志≫, 大連出版社, p.117

이에 따라, 본 장에서는 위에서 분석한 다롄시, 뤼순커우구, 덩펑가 강수량과 뤼순지역 및 위안바오산 지역 토양 산도에 대한 고찰 등을 통해, 이러한 자연환경이 안중근 의사 유해 보존에 좋지 않다는 것을 확인할 수 있었다. 이에 위의 분석 내용들이 안중근 의사 유해 발굴의 시급성에 대한 근거가 될 수 있을 것으로 판단된다.

2.2.3. 해당 기록 실존 및 자료 보존의 가능성

한국은 일본에 안중근 의사 유해 관련 기록을 정식으로 요청한 적이 있다. 2008년 4월, 국가보훈처(현 국가보훈부)는 외교 채널을 통해 일본 정부에 안중근 의사 유해 관련 기록을 정식으로 요청했으나 관련 자료가 없다는 일본 측의 답만 얻었다. 해당 기록 및 자료에 대해서 김양 전 국가보훈처 처장은 "그 자료가 영구 비밀로 돼 있으니까, 외교부를 통하더라도 그것이 어디 창고(문서고)에 있는지 모를 것"이라고 하였고, 2010년 1월 언론 인터뷰에서는 "일본은 기록을 중시하는 나라이기 때문에 안중근 의사 유해와 관련한 기록이나 정보를 분명히 가지고 있을 것이다."라고도 하였다[75]. 최근, 강정애 국가보훈부 장관의 인터뷰에서도 강 장관은 "안중근 의사 유해를 발굴하려면 유해 매장지를 특정할 명확한 근거자료가 필요하다. 일본, 중국에 자료 조사나 발굴 협조 등을 계속 요구하고 있다."라고 하였다[76]. 한국은 일본에 자료 조사 관련 협조 등을 계속 요구하고 있다는데 명확한 답을 얻지 못하는 상황이다. 과연 안중근 의사 유해의 매장 위치에 관한 기록이 존재하는 것인가. 그러한 기록이 당시에 있었다면 그 자료가 현재까지 보존되어 있을 것인가. 그렇다면 그 자료는 어디에 소장되어 있을 것인가. 그 기록 자료의 여러 가능성에 대해 살펴보고자 한다.

---

[75] 문화일보(2023.08.17.), "일본 내 안중근 의사 유해 기록·유품 반환 진전 기대감"

[76] 동아일보(2024.03.04.), "제복근무자에 민간 기부금 전하는 '모두의 보훈' 프로젝트 시작 [파워 인터뷰]"

첫째, 안중근 의사 유해의 매장 위치에 대한 기록 존재 여부와 보존 가능성에 대해 살펴보도록 하겠다. 당시 일본에는 '관동도독부 · 민정부 · 감옥서 기록 규칙'(이하 '기록 규칙')이 있었다. 메이지(明治) 39년(1906년) 12월 13일 결의된 이 규칙은 감옥 직속 기관에 적용되는 것으로 안중근 의사가 갇혔던 관동도독부감옥서에도 적용된다. 이 규칙은 총칙(제1조~제3조), 선별 및 분류(제4조~제6조), 편집(제7조~20조), 폐기(제21조~제22조), 대출과 보관(제23조~제26조)으로 이뤄져 있다. 이렇듯 기록에 대한 규칙이 세세한 만큼, 기록을 중요하게 여긴다는 것을 확인할 수 있으며, 안중근 의사가 중요한 인물(안중근 의사 하얼빈 의거 및 공판에 대한 다른 나라들의 관심, 안중근 의사 수감 기간과 순국 후 특별한 대우 등)이었던 만큼, 그리고 유해를 유족에게 인도하는 것을 주의해야 한다는 기밀이 있었던 만큼, 안중근 의사 유해 매장 위치와 관련해 그 기록이 있었을 것으로 추측할 수 있다.

둘째, 기록이 있었다고 해도 훼손 또는 기록의 보존 기간에 따른 폐기에 노출 가능성도 고려해야 한다. 이에 대해 기록 규칙을 통해 살펴보도록 하겠다.

총칙인 제1조를 보면, "기록 서류의 수집, 편집, 조정 혹은 폐기 작업은 감무과에 의해 진행해야 한다. 단, 특별 지시와 관련된 기밀 서류가 포함되지 않는다."라는 내용이 있다. 안중근 의사와 유해의 중요성에 따라, 안중근 의사 유해 매장 위치 관련 기록이 기밀 서류로 분류되었을 가능성이 높다.

또한, 기밀 서류와 관련하여 제6조에 제시된 내용을 보면, "기밀 서류는 상기의 항목으로 하나하나 구분하고, 명확하고 쉽게 분류하며, 겉표지에 적(赤)자로 [밀]을 붙여야 한다."라는 내용이 있다. 만약 안중근 의사 유해 위치 관련 기록이 기밀로 분류됐다면, 감무과에서는 이 서류를 임의로 처리할 수 없고, 밀봉된 기밀을 대출하거나 쉽게 개봉하지 못했을 것이다.

기록 규칙 제13조 내용을 통해, 문서 중요도에 따라 영구적 보존, 15년, 7년, 1년과 같이 보존 기간이 달리 구분돼 있음을 확인할 수 있다. 영구적 보존에 해당되는 장부의 종류에는 '1. 관리의 신분장 2. 성명 본 적부 3. 구금 중인 인원 목록 4. 사망장 5. 석방 감형 이력부 6. 감옥 연혁 7. 감옥 토지 면적 및 건물 장부 8. 기타 중요한 장부'가 포함된다(제15조)[77]. 안중근 의사 유해 위치 관련 기록이 '기타 중요한 장부'의 종류에 포함됐다면 중요 기록으로서 영구적인 보존에 포함됐을 것이다. 이상의 기록 규칙을 통해, 안중근 의사 유해 매장 위치 관련 기록은 기밀(또는 중요한 장부)로 분류되었다면, 기록 규칙에 따라 함부로 훼손될 가능성은 낮은 것으로 보인다.

셋째, 일본이 과거에 패전이 짙어지자 '불편한' 자료를 없애거나 은폐하는 과정에서 만약 안중근 의사 유해 매장 위치 관련 기록 자료를 은폐했을 가능성을 가정해 본다면, 그 은폐한 자료는 어디에 있을 것인지 생각해 봐야 한다. 현재까지 학자들은 공개된 기록 및 사료를 통해 해당 자료를 찾으려고 노력했지만 찾지 못했다. 이에 대해, 일본 궁내청(宮內廳) 서릉부(書陵部)의 공문서관, 내각부(內閣府) 산하의 역사 공문서 보관실, 국회 도서관의 헌정자료실(憲政史料室) 등이 유력할 것으로 보는 전문가 의견이 있다. 아직 기록 자료를 찾아보지 못한 곳이나 보지 못한 미공개 자료들이 있다면 이를 열람하기 위해 일본의 협조가 필요할 것이다. 일본 정부와 관련 당국의 안중근 의사 유해 관련 기록 및 자료 조사에 대한 협조와 이를 위한 시스템 구축에 대한 지속적인 협조가 필요하다[78].

2.2.4. 유해 발굴조사 실행의 가능성

중국에서는 안중근 의사 유해 발굴에 앞서 현지의 발굴 허가가 있어야 실행에 옮길 수 있다. 중국 정부가 2008년 한중 공동 발굴조사 때 마지못해 허가한 면도 있었다는 당시 유해 발굴조사에 참여한 연구원의 인터뷰(뤼순에서 진행한 회의에서도 중국 측은 한국 측의 유해 발굴 의사를 이해하나 조속히 마쳐달라

---

77 김월배 · 김이슬 외(2023), 《유해 사료, 안중근을 찾아서》, 진인진, p.271 – 274의 번역 내용 인용
78 위의 책, p.361

는 의견과 경제적 손실 보상의 의견 제기가 있었음)[79] 등에서 알 수 있듯이 여러 이익 및 관계의 문제도 존재한다.

또한, 안중근 의사 유해의 매장 위치 조사(탐사)를 위한 방법으로 전문가들은 지표투과 레이더(Ground Peneration Radar, GPR) 방법을 제안하고 있는데 GPR은 전자기파를 이용한 지구 물리 탐사 방법 중 한 가지로 천부 지질 및 구조물에 대한 고해상도 이미지를 제공하여 지하 매설물 탐사, 지반 조사 등에 적용된다.[80] 이러한 방법은 중국의 영토 탐사로 이어지기 때문에, 최근 강화된 반간첩법 등으로 중국 측이 환영하는 방법은 아닐 것으로 보인다(유해 조사 제한의 여지가 있어 보임).

하지만 2008년 4월, 위안바오산 지역 유해 발굴조사 당시에도 한국은 GPR을 사용해 조사했다는 기록이 있고[81], 이미 둥산포 지역에서도 GPR 방법을 사용하여 유해 발굴의 허락을 얻어 발굴조사했던 선례가 있다. 바로 뤼순감옥에 수감됐던 미군 포로의 유해 발굴조사이다.

1944년 펑톈[奉天, 선양(沈陽)의 옛 명칭] 동맹군 포로수용소에 있던 미군 포로가 탈출했다가 다시 잡혀 뤼순감옥에 수감된 후 뤼순에 묻혔는데, 뤼순일아감옥구지박물관 연감[82]에 수록된 〈미국 고고학자의 뤼순 고찰에 관한 보고(關於美國考古學家來旅順考察的報告)〉에서 관련 내용을 확인할 수 있다.

위 보고는 2010년, 뤼순일아감옥구지박물관이 작성한 공문서로, 당시 미국 쪽에서 그 미군의 유해를 GPR 방식을 통해 발굴하려고 하여 선양대학교 펑톈동맹군 포로연구소가 미국 측과 협력해 시신 조사 작업을 실시할 예정

---

79 월간조선(2008.8), "([단독입수] '安重根 의사 유해 발굴조사단'의 뤼순(旅順)지역 유해 발굴 현장 기록) 安重根 의사의 墓域은 확인, 墓는 확인 불가 감옥소 증개축 과정에서 훼손됐을 가능성"

80 김월배(2014), 〈안중근 의사 유해 발굴 기초자료 확보를 위한 지표투과레이더 관련〉, 2014 중국 외교부 · 한국국가보훈처 발표 자료

81 김영광(2010), 〈1910年代安重根義士墓域〉, p.2

82 旅順日俄監獄舊址博物館 · 大連市近代史研究所(2012), ≪旅順日俄監獄舊址博物館年鑒(2006−2011)≫, 旅順日俄監獄舊址博物館

이라는 내용을 담고 있다[83].

[사진] 뤼순감옥에 묻힌 미군 사진[84]

이처럼 기존의 GPR을 사용해 유해 발굴을 위한 조사 작업을 한 선례가 있는 만큼, 조사에 대한 가능성도 열려 있다고 할 수 있겠다. 현장에 대해 발굴 허가가 이뤄진다면, 전문가들이 제안하고 있는 GPR 방법을 사용하여 안중근 의사는 당시 다른 사망한 수감자들의 매장 형태와 다른 침관에 누워 있는 형태를 추정할 수 있을 것이다[85].

---

83 김월배 · 김이슬 외(2023), ≪유해 사료, 안중근을 찾아서≫, 진인진, p.153 – 154

84 사진 출처: 뤼순일아감옥구지박물관 제공

85 김월배(2014), 〈안중근 의사 유해 발굴 기초자료 확보를 위한 지표투과레이더 관련〉, 2014 중국 외교부 · 한국국가보훈처 발표 자료

2.2.5. 유해 일치 확인의 가능성

안중근 의사 유해가 다른 사형수들의 유해와 합장되어 있다면, 그 합장묘는 어떻게 찾을 것이며, 그 묘를 찾은 후, 유해가 안중근 의사의 유해가 맞는지를 어떻게 확인할 수 있을 것인가. 그리고 합장되어 있지 않더라도 안중근 의사 유해를 발굴했을 때, 그 유해가 안중근 의사 유해와 일치하는지 확인해야 하는 문제가 남아 있다.

가장(임시 매장)과 합장 가능성에 대해 위에서 유해 보존의 가능성을 살펴보며, 그 가능성이 작을 것임을 고찰해 보았다. 그런데 만약에 안중근 의사 유해가 앞서 살펴본 일본감옥법 제73조 내용에 따라, 가장되어 2년 후 합장됐다면, 안중근 의사의 묘와 유해를 찾을 수 있을 것인가. 이에 대해서는 일본감옥법 제182조의 "시체나 유골을 합장했을 때는 합장자의 성명과 사망 연월일을 합장부(合葬簿)에 기재하고 합장 장소에 묘지를 세워야 한다. 묘지에는 돌을 써야 한다."라는 내용에 따라, 합장부에 기록하고 그 묘지를 돌에 표시했을 것임을 추측해 볼 수 있다. 합장부 기록이 폐기됐더라도 뤼순감옥 공동묘지에 합장묘를 표시한 돌을 발굴해 기술적으로 찾는다면 합장묘를 찾을 수 있을 것이라 본다.

또한 안중근 의사 유해가 합장돼서 다른 유해와 같이 묻혀 있더라도 안중근 의사를 확증할 수 있는 근거는 있다. 상술한 바와 같이 첫째, 안중근 의사는 사망 후, 침관에 안치됐다는 소노키 스에요시의 '안의 사형 시말 보고' 기록이다. 안중근 의사의 관은 당시 원통형 목통에 묻힌 일반 다른 사형수들과 다른 형태의 관이다. 둘째, 유해와 같이 묻힌 이름이 기록된 유리병이다. 실제로 1971년 둥산포 지역의 땅을 팠을 때 나온 원통형 목통 속 유골에서 각각 이름이 쓰인 남색 작은 병이 발견됐다. 안중근 의사 유해를 묻었을 때 이런 이름이 적힌 유리병이 발견된다면 안중근 의사를 확증할 수 있다. 셋째, 안중근 의사는 1909년 단지동맹을 했기 때문에 유해에서 왼손 약지가 절단된 모습이 있다면 이 역시 중요 확증 근거가 된다. 마지막으로, 이미 안중근 의사

후손으로부터 2009년에 DNA를 확보했다[86]. 안중근 의사 유해가 발굴되면
후손의 DNA와 대조 작업을 통해 정확히 확인할 수 있을 것이다[87].

[사진] 뤼순일아감옥구지박물관에서 발견한 사체 목통

[사진] 사체 목통 속 유골과 이름이 기록된 유리병

---

86 김월배(2021), ≪안중근 의사 유해 발굴, 참 평화의 길이다≫, 걸음, p.80－85
87 연합뉴스(2009.10.26.), "안중근 의사 유족 DNA 확보"

참고문헌

국사편찬위원회(1955), ≪매천야록(梅泉野錄)≫, 新志社
국가보훈처(2022.10.26.) 보도자료, "안중근 의사 유해, 하얼빈산(産) 소나무 관 안치 후
        조촐한 장례" - 국가보훈처, 안중근 의사 순국 당시 중국 현지 신문기사
        최초 발굴 및 공개 -
김봉진(2022), ≪안중근과 일본, 일본인 - 끝나지 않은 역사 전쟁≫, 지식산업사
김영광(2010), 〈1910年代安重根義士墓域〉
김월배(2014), 〈안중근 의사 유해 발굴 기초자료 확보를 위한 지표투과레이더 관련〉,
        2014 중국외교부 · 한국국가보훈처 발표 자료
김월배(2021), ≪안중근 의사 유해 발굴, 참 평화의 길이다≫, 걸음
김월배(2023), 〈한국 정부의 안중근 유해 추정 3대 지역 고찰〉, 대련의 한국人, 16(3), 44
        - 58
김월배 · 김이슬 외(2023), ≪유해 사료, 안중근을 찾아서≫, 진인진
김월배 · 판마오중(2014), ≪안중근은 애국 - 역사는 흐른다≫, 한국문화사
김이슬(2024), 〈안중근 의사 유해 발굴 현황〉, 대련의 한국人, 16(4), 50 - 56
김태성(2024), 〈군인 안중근과 군인정신〉, 제2회 안중근의사찾기 국제학술대회 논문집,
        상하이외국어대학 · 안중근의사찾기 한 · 중민간상설위원회 · 국민대학
        교한국학연구소
박삼중(2015), ≪코레아 우라 : 박삼중 스님이 쓰는 청년 안중근의 꿈≫, 소담출판사
박선주(2011), 〈안중근 의사 유해 추정매장지 연구〉, 人文學誌, 43(2), 1 - 41
신운용(2009), ≪안중근과 한국근대사≫, 채륜
안중근(2019), ≪동양평화론; 비판정본≫, 독도도서관친구들
안중근(2020), ≪안응칠역사; 비판정본≫, 독도도서관친구들
윤병석(2011), ≪(한국독립운동사자료총서 제28집) 안중근 문집≫, 독립기념관 한국독
        립운동사연구소
이봉규 · 김월배 · 김이슬 · 김홍렬 · 김희수 · 민명주 · 이인실(2024), ≪안중근 의사의
        숨결을 찾아: 한국 · 중국 · 일본편≫, 걸음
장석흥(2013), 〈광복 후 '안중근 의사 유해 찾기'의 경과와 역사적 검토〉, 한국학논총, 39,
        357 - 378
통일부(2006), 〈남북대화 제72호(2005.12~2006.12)〉
통일부(2008), 〈남북대화 제73호(2007.1~2008.2)〉
한국역사연구원 · 이태진 · 오정섭 · 김선영(2021), ≪(그들이 기록한) 안중근 하얼빈 의
        거 : 일본 외무성 소장 〈이토 공작 만주 시찰 일건〉 11책 총람≫, 태학사
한철호(2020), 〈해방 이후 안중근 의사 유해 발굴 현황과 방향 제언〉, 한국독립운동사연
        구, 69, 341 - 371
大連市旅順口區史志辦公室(1999), ≪旅順口區志≫, 大連出版社

金宇鍾(2006), ≪安重根和哈爾濱≫, 黑龍江朝鮮民族出版社

劉志惠(2003), 〈朝鮮安重根遺骸調查團訪華紀實〉, ≪旅順監獄舊地百年變遷學術研討會文
　　　　集(1902－2002)≫, 吉林人民出版社

旅順日俄監獄舊址博物館·大連市近代史研究所(2003), ≪旅順日俄監獄實錄≫. 吉林人民
　　　　出版社

旅順日俄監獄舊址博物館·大連市近代史研究所(2008), 〈安重根埋葬地尋訪調查〉

旅順日俄監獄舊址博物館·大連市近代史研究所(2012).　≪旅順日俄監獄舊址博物館年鑑
　　　　(2006－2011)≫, 旅順日俄監獄舊址博物館

彭守璋(2020), 〈中國1km分辨率逐月降水量數據集〉, 國家青藏高原數據中心

王珍仁(2015), 〈關於安重根其人其事及遺骨尋找的相關問題〉, 大連市近代研究所, 12

徐明勳(2009), 〈中國人心中的安重根〉, ≪抗日戰爭歷史問題第九次國際學術研討會－紀念
　　　　安重根義士擧義100周年－論文集≫

徐明勳·李春實(2009), ≪中國人心目中的安重根≫, 黑龍江教育出版社

中國國家統計局(2018～2024 각 연도), ≪中國統計年鑑≫

周愛民(2016), 〈深入挖掘歷史做好遺址保護－以旅順日俄監獄舊址爲例〉, ≪安重根研究≫,
　　　　遼寧民族出版社, 53－63

경향신문(2014.3.23.), "늠름하고 당당했던 안중근… 내가 본 사람 중 가장 훌륭"

길림신문(2011.11.24), "력사의 한페지―안중근 배역을 맡은 등영초"

뉴시스(2021.10.26.), "표류하는 안중근 유해 봉환…日은 모르쇠, 中은 北 눈치"

동아일보(2024.03.04.), "제복근무자에 민간 기부금 전하는 '모두의 보훈' 프로젝트 시작
　　　　[파워인터뷰]"

디지털타임스(2021.10.26.), "보훈처 '안중근 유해 국내 봉환 위해 中과 협의 추진'"

머니투데이(2013.6.29.), "樸대통령 '6.25전쟁 사망한 중국군 유해 360구 송환'"

문화일보(2013.9.16.), "안중근 의사 유해 火葬 가능성"

문화일보(2015.03.26.), "안중근 의사 묘소 中 둥산포(東山坡) 유력… 빨리 서울로 모
　　　　셔야"

문화일보(2018.7.12.), "안중근 유해 발굴, 남북 공동으로 나서면 中 협조할 것"

문화일보(2019.02.19.), "〈3·1운동, 지나온 100년 다가올 100년〉 '安의사 묘지 위치 확
　　　　증하려면 中·日 사료 확보 선행돼야"

문화일보(2023.08.17.), "일본 내 안중근 의사 유해 기록·유품 반환 진전 기대감"

문화일보(2023.11.17.), "'중국군 유해송환 행사' 韓中 갈등으로 인한 무산 위기 딛고 올
　　　　해도 계속"

문화일보(2023.11.18.), "안중근 유해찾기, 민간 차원 '韓中 합동협조단' 구성해 '둥산포'
　　　　발굴 서둘러야"

시사저널(2023.06.09.), "안중근 의사 유해는 '둥산포'에 묻혀 있을 것"

아시아투데이(2018.2.7.), "중국 '중국군 유해 송환 한국에 감사'"

연합뉴스(1998.5.9.), "中, 안중근 의사 유해 발굴 협조"
연합뉴스(2009.10.26.), "안중근 의사 유족 DNA 확보"
연합뉴스(2010.10.24.), "안중근 의사 유해 영원히 사라진 듯"
연합뉴스(2014.3.28.), "중국군 유해 437구, 중국 측에 송환"
연합뉴스(2023.11.02.), "안중근 유해 발굴 희망 마지막 장소는 뤼순 공동묘지 둥산포"
월간조선(2008.8), "([단독입수] '安重根 의사 유해 발굴조사단'의 뤼순(旅順)지역 유해 발굴 현장 기록) 安重根 의사의 墓域은 확인, 墓는 확인 불가 감옥소 증개축 과정에서 훼손됐을 가능성"
이데일리(2017.3.22.), "中 '사드 보복'에도 국방부 6.25 중국군 유해 28구 추가 송환"
중앙일보(2022.7.3.), "사드·코로나·나토에도 계속되는 중국군 유해 송환…한·중 9차 송환 합의"
천지일보(2017.04.04.), "[기고] 이제는 '안중근 의사 국가장' 치를 때"
쿠키뉴스(2016.4.1), "6.25 전쟁 참전한 중국군 유해 청명절 앞두고 中 송환"
헤럴드경제(2015.02.12.), "[파워인터뷰] 안중근 의사 유해 못 찾는다…'이젠 가슴에 묻어야 할 때' 안중근 의사기념사업회 윤원태 사무국장"
CBS(2024.03.28.), "순국 114주년 안중근 유해는 어디에…中日 협조는 기대난망"
CCTV(2021.9.2.), "英雄回家！今天我們接那些人兒回家！"
CCTV(2022.9.16.), [正午國防軍事] 以國之名 迎英雄回家 接迎第九批在韓志願軍烈士遺骸歸國特別報道
CCTV(2023.11.23.), [東方時空] 英雄回家 第十批在韓中國人民志願軍烈士遺骸回國 志願軍烈士遺骸交接儀式今天舉行
CCTV(2024.11.23.), "再迎43位英雄回家！第十一批在韓中國人民志願軍烈士遺骸即將回國"
KBS(2019.03.04.), "갈 길 먼 안중근 유해 발굴…중국 협조가 관건"
KTV국민방송(2015.3.23.), "6.25전쟁 사망 중국군 유해 본국으로 송환"
SBS(2018.10.24.), "[취재파일] 안중근 유해 찾기 키워드 ⑤ - '어렵고 힘들다'는 건 국민도 다 압니다"
大連日報(2012.3.30.), "旅順監獄舊地墓地的前世今生"

공훈전자사료관(e-gonghun.mpva.go.kr)
대한민국 정책브리핑(www.korea.kr)
안중근 의사숭모회(www.patriot.or.kr)
CCTV節目官網(tv.cctv.com)
國家靑藏高原科學數據中心(data.tpdc.ac.cn)
中國國家統計局(www.stats.gov.cn)

제2장
안중근 유해 발굴 경과와 현황

* 본 장은 저자가 2023년 11월 2일, 주다롄대한민국영사출장소 주관으로 열린 안중근 의사 유해 발굴 세미나에서 발표한 원고중국대련한국인(상)회 소식지 ≪대련의 한국인≫ 제16권 4호에 실림)와 2024년 3월 26일, 다롄 뤼순일본관동법원구지(旅順日本關東法院舊址)박물관 고등법원에서 진행된 안중근 의사 순국 114주기 추모강연회에서 발표한 원고를 수정·보완한 것임을 밝힌다.

1. 평화의 실현, 안중근 의사 유해 발굴

안중근 의사가 뤼순에서 순국한 지도 115년이 되었다. 게다가 우리나라는 국권을 되찾았는데도 안중근 의사의 유해는 아직도 고국으로 돌아오지 못하고 있다. 제1장에서 살펴본 바와 같이, 안중근 의사 유해 발굴에는 북한, 일본, 중국의 협조가 필요하지만, 현재 상황에서 북한의 협력은 물론이거니와 중국과 일본의 협조도 쉬워 보이지 않는다. 하지만 안중근 의사의 동양평화를 위한 하얼빈 의거와 평화주의 사상은 당시 세계를 놀라게 했고, 중국 사람으로부터 찬양을 받았으며 심지어 일본 사람을 감화시켰던 사실도 기억해야한다.

안중근 의사가 1909년 10월 26일, 하얼빈역에서 이토 히로부미를 주살한 하얼빈 의거 당시, 중국 민중들은 이토 히로부미의 죽음에 대해 통쾌해하며 안중근 의사의 의거를 찬양했다. 중국의 신문들도 재빨리 하얼빈 의거 소식을 전했고[1], 저우언라이, 쑨원, 량치차오 등 중국의 저명한 역사적 인물들도 안중근 의사의 평화 사상과 애국정신을 숭모했다[2]. 일본 사람의 입장에서 보면, 안중근 의사는 일본의 위대한 정치가 이토 히로부미를 죽인 사람인데 안중근 의사를 숭모한다는 것은 쉬운 일이 아니다. 안중근 의사의 간수였던 치바 도시치는 일본은 안(安)의 나라에 사죄하지 않으면 안 된다는 자책에 빠져 "당신 나라의 독립을 짓밟게 된 것은 뭐라 변명할 여지가 없습니다. 일본인의 한 사람으로서 마음 깊이 사죄하고 싶습니다."라고 하자, 안중근 의사는 "한일 양국이 어째서 불행한 사이가 되고 말았는지, 이토 공 한 사람의 책임은 아닐지 모르나 일본의 대표 인물로서 쓰러뜨리지 않을 수 없었소.", "타국 영토는 한 치도 침략해서는 안 된다."라며 동양 평화의 지론을 펼쳤다[3].

---

1 民籲日報(1909.10.28.), (1909.10.29.); 神州日報(1909.11.1.); 大公報(1909.10.28.), 등
2 徐明勳(2009), 〈中國人心中的安重根〉, ≪抗日戰爭歷史問題第九次國際學術研討會 - 紀念安重根 義士擧義100周年 - 論文集≫

安重根, 고국으로 返葬해 다오

'평화'라는 가치를 우선으로 두었던 안중근 의사는 일본 사람을 싫어해서 하얼빈 의거를 한 것이 아니었다. 참모중장으로서 일본 군인에 대해 전투를 벌일 때, 사로잡은 일본 군인을 풀어준 것에 대해 못마땅하게 여긴 장교들에게 만국공법에 포로를 살육하라는 법이 없고, 적과 같이 포악한 행위를 하는 것은 신과 사람이 함께 노여워하는 일로서, 일본 인구를 다 죽이고서야 국권을 회복하겠느냐고 하였다[4]. 순국 전, 교수대에 올라서도 "자신의 행위는 동양 평화를 위해서 한 것이니 한은 없고 단지 여기에 임한 각 일본 관헌은 앞으로 한국과 일본이 서로 협력하여 동양의 평화를 유지하는 데에 진력하기를 바란다."라고 하였다[5].

이렇듯, 안중근 의사가 한 독립운동, 하얼빈 의거, 법정투쟁, ≪동양평화론≫ 저술, 유묵, 유언 모두 평화주의 사상을 바탕으로 이뤄졌으며 이러한 안중근 의사의 사상과 덕풍은 중국 사람들과 일본 사람들까지 감화·감동하게 하여 평화주의의 상징으로 남았다. 안중근 의사가 저술한 ≪동양평화론≫ 첫 번째 장인 서(序)에 다음과 같은 내용이 있다.

"무릇 '합하면 성공하고 흩어지면 실패한다'라는 말은 만고불변의 진리이다. 지금 세계는 지역이 동쪽과 서쪽으로 갈라지고 인종도 제각기 달라 서로 경쟁하기를 마치 차 마시고 밥 먹는 것처럼 한다. 농사짓고 장사하는 일보다 예리한 무기를 연구하는 일에 더 열중하여 전기포·비행선·침수정을 새롭게 발명하니, 이것들은 모두 사람을 해치고 사물을 손상시키는 기계이다.…귀중한 생령을 희생물처럼 버리니,…살기를 좋아하고 죽기를 싫어하는 것은 모든 사람의 보통 마음이거늘, 맑고 깨끗한 세상에 이 무슨 광경이란 말인가!…"[6]

3 김봉진(2022), ≪안중근과 일본, 일본인 – 끝나지 않은 역사 전쟁≫, 지식산업사
4 안중근(2020), ≪안응칠역사 : 비판정본≫, 독도도서관친구들
5 성경시보(盛京時報, 1910.2.19.), "안중근의 책임은 끝났다"
6 안중근(2019), ≪동양평화론 : 비판정본≫, 독도도서관친구들

안중근 의사는 위와 같이 저술 배경을 정리하면서 당시 제국주의와 침략의 야욕 경쟁이 팽배하던 세계 정세에 대해 논하였다. 시간이 많이 흐른 현재에도 나타나는 자국 우선주의, 패권 경쟁, 경제 안보, 끊임없는 전쟁 등 평화에 반대되는 모습과 유사하다는 것을 알 수 있다. 또한, '살기를 좋아하고 죽기를 싫어하는 것은 모든 사람의 보통 마음' 즉, 인간이면 누구나 추구하는 '평화'라는 인류 보편적 가치를 기본으로, 이토 히로부미 주살이 동양 평화를 실현하기 위함이었음을 중국 사람뿐 아니라 일본 사람에게까지 공감을 불러일으킬 수 있었던 것이다.

이처럼 평화를 싫어하는 사람은 없다. 그러므로 과거에 안중근 의사의 동양 평화정신과 사상이 중국 사람들과 일본 사람들의 공감을 일으켰던 것처럼 현시기에도 안중근 의사의 평화 사상을 적용한다면, 대립하지 않는 한·일·중, 공동 번영을 누리는 한·일·중을 이룰 수 있다. '평화'라는 가치 아래, 세 나라가 평화주의자 안중근 의사 유해 발굴에 협력한다는 것은 함께 공영의 길로 나아간다는 의미가 있다. 특히, 일본은 당시 감옥법을 어기면서 유족에게 고의로 안중근 의사의 유해를 내주지 않고 비밀리 매장한 과거에 대해서 응당 협조해야 한다고 판단된다. 일본이 안중근 의사 매장지 관련 기록에 대해 협조한다면, 과거 동양 평화를 교란케 하고 한국을 강탈·억압했으며, 안중근 의사에 대해 국제법을 무시하면서 진행한 불공정한 재판, 감옥법을 어기며 유족에게 유해를 돌려주지 않았던 역사에 대해 양국이 화해의 길로 한 걸음 더 나아가는 데 도움이 될 수 있을 것이다.

이뿐만 아니라, 안중근 의사의 유해 찾기에 남한과 북한이 이념 갈등이 아닌, 한민족으로서 오직 안중근 의사의 애국정신을 생각하며 공동으로 협력한다면 이 또한 평화로의 한 걸음이라고 할 수 있을 것이다. 따라서 안중근 의사 유해 발굴은 '평화의 실현으로서 남한과 북한 간에, 한국·중국·일본의 역사적 화해와 공영'으로 나아가는 길이라고 할 수 있다.

그러나 안중근 의사 유해 발굴이 형식적이나 일회성 행사가 돼서는 안 된다. 말로만 해서도 안 되고 작은 성과라도 행동으로 나서야 한다. 안중근 의사 유해 발굴은 자료 수집과 중국, 일본에 협조 요청 등의 상황으로 단기간에 진행할 수 없다. 차근차근 진행되어야 하되, 관성적이어서는 안 될 것이다[7]. 또한, 현재 안중근 의사 유해 발굴을 위한 상황이나 환경이 어렵더라도 외부 요인만 문제 삼기보다는 당장 할 수 있는 준비로 밑거름을 조성해야 할 것이다. 이에 따라, 본 장에서는 지금까지의 안중근 의사 유해 발굴 추진 경과 및 현황을 살펴본 후, 유해 발굴에 앞선 과제 및 그 방안에 대해 제언해 보고자 한다.

2. 안중근 의사 유해 발굴조사 경과

광복 이후, 김구 선생은 1946년, 효창원에 삼의사의 유해[일본에 있던 이봉창(李奉昌, 1901~1932), 윤봉길(尹奉吉, 1908~1932), 백정기(白貞基, 1896~1934) 의사 유해]를 안장하면서 옆에 우선 안중근 의사의 가묘(허묘)를 조성하고 안중근 의사 유해를 찾기 위해 노력했다.

---

7 서울신문(2010.10.26.), "보훈처 '日, 안중근 의사 사형 집행 후 파티'…알고 보니 1년 전 발표 '재탕'"; 헤럴드경제(2015.02.13.), "안중근 의사 유해 말로만 찾는다는 국가보훈처"; 뉴시스(2015.09.09.), "[2015국감] '안중근 의사 유해 발굴 추진단 활동 저조'"; 머니투데이(2019.8.13.), "안중근 의사 유해 발굴에 매년 1억원 쓰는데, 성과는…"; 뉴스1(2023.04.27.), "여야 의원 163명, '안중근 의사 유해 발굴·봉환 모임' 결성"; 아주경제(2023.10.26.), "박민식 보훈장관 '안중근 의사 봉환 위해 중·일·러와 긴밀 협력'"

[사진] 효창원 안중근 의사 가묘(허묘)[8]

1948년, 남북협상을 위해, 안중근 의사 조카인 안우생과 함께 평양에 가서 김일성(金日成, 1912~1994)을 만났을 때, 안중근 의사 유해봉환을 제안했다. 하지만, 김일성은 뤼순이 소련의 실효적 지배지라서 실행이 어려우니 통일 이후에 추진하자며 거절했다. 이에, 김구 선생은 안우생을 북한에 잔류시켜 안중근 의사 유해를 찾도록 지시했다(1970년대 중반, 안우생은 안중근 의사 유해 발굴에 참여)[9]. 이후, 안중근 의사의 유해를 찾기 위한 많은 시도가 있었는데

---

8 저자 촬영
9 김월배 · 판마오중(2014), ≪안중근은 애국 – 역사는 흐른다≫, 한국문화사

安重根, 고국으로 返葬해 다오

정부 차원의 조사와 민간 단체들의 안중근 의사 유해를 찾으려는 노력은 1986년 이후에 시작되어 이후, 간헐적으로 진행되었다[10]. 이에 따라, 기록에 남아 있는 1986년 이후의 안중근 의사 유해 발굴조사부터 현재까지 조사 및 시도 현황에 대해 살펴보고자 한다.

2.1. 주요 안중근 의사 유해 발굴조사(1986년~2008년)[11]

2.1.1. 북한의 안중근 유해 발굴조사(1986년)

1986년 북한은 뤼순에서 안중근 의사 유해 발굴조사를 했다. 북한 안중근 유해조사단은 뤼순일아감옥구지박물관의 협조를 받아 탐문 조사를 했다. 중국 측에서는 뤼순일아감옥구지박물관의 저우샹링(周祥令)[12], 판마오충(潘茂忠)[13], 류즈후이(劉志惠)[14]가 협조했다[15].

이 조사와 관련해 당시 중국 측 실무자였던 류즈후이의 현장 기록인 〈북한 안중근 유해 조사단 중국 방문 기록(朝鮮安重根遺骸调查团访华纪实)〉[16]에 따르면, 조사 기간은 1986년 7월 27일~8월 7일(총 12일)로, 북한에서 외무성 아주국(亞洲局) 부국장 주진극(朱軫極)의 인솔하에 김순길(金順吉) 노동당 중앙연락부의 지도원, 이상용(李相容) 문인협회의 통역, 홍성찬(洪成燦) 법의 감정원 전문가, 안중근 의사의 조카이자, 안공근의 장남인 안우생이 조사에 참여했다고 기록했다. 이들의 조사 내용은 다음과 같다.

---

10 박선주(2011), 〈안중근 의사 유해 추정매장지 연구〉, 人文學誌, 43(2), p.3

11 제1장 p.29의 〈표 1〉에 주요 안중근 의사 유해 발굴조사에 대해 정리

12 전 뤼순일아감옥구지박물관 관장

13 뤼순일아감옥구지박물관 진열전시부 주임 역임

14 1986년 북한의 안중근 의사 유해 조사 당시 뤼순일아감옥구지박물관 진열전시부 직원

15 김월배 · 김이슬 외(2023), ≪유해 사료, 안중근을 찾아서≫, 진인진, p.213

16 旅順日俄監獄旧地博物馆 · 大连市近代史研究所(2003), ≪旅順監獄旧地百年变迁学术研讨会文集(1902－2002)≫, 吉林人民出版社, p.171－174

먼저, 다롄시 외사 사무실의 류즈화 부주임으로부터 중국 사학계에서 실시한 조사와 고증 사항을 전달받았다. 또한, 중국에서 1971년, 1982년부터 1986년까지의 안중근 의사 매장지에 대한 대규모 조사가 있었으나 이에 대한 기록이 남지 않았음을 전달받았다. 이어서 뤼순일아감옥, 관동도독부 지방법원, 뤼순일아감옥 및 뤼순 마잉허우에 있는 무덤의 옛터 참관 및 시찰을 했다. 또한, 북한 조사단은 군중좌담회를 열어 줄 것을 중국 측에 요구하여, 뤼순에서 3번, 다롄 시내에서 1번, 총 4번의 좌담회에 47명이 참석했다. 북한 조사단은 다롄 지역의 조선 동포 대표를 조직해서 뤼순지역의 노인들을 대상으로 좌담회 형식의 탐문을 벌였는데 주로 조선족 노인의 의견을 경청했다. 이 조사에서는 만족할 만한 결과가 나오지 못했고, 이를 통해 2006년 1차 남·북 발굴조사단의 조사 시에 뤼순감옥 공공묘지에 안중근 의사의 유해가 묻혀 있지 않았을 것이라는 의견 제시의 계기가 되었다[17].

[사진] 1986년 북한 안중근 의사 유해발굴단의 뤼순감옥 내 시찰 모습[18]

---

17 김월배·김이슬 외(2023), ≪유해 사료, 안중근을 찾아서≫, 진인진, p.213

18 사진 출처: 뤼순일아감옥구지박물관 제공

安重根, 고국으로 返葬해 다오

2.1.2 한국의 안중근 의사 유해 발굴 시도(1993년~2005년)

1993년과 1995년, 한국은 중국 측에 안중근 의사 유해 발굴 협조를 요청했다. 1993년 8월, 한 · 중 외무차관 회의 시, 유해 발굴 협조를 요청했으나, 중국 정부에서는 안중근 의사 유해 확인의 어려움과 안중근 의사의 고향이 북한에 있다는 점으로 민감한 문제라는 뜻을 내비쳤다. 1995년 4월, 외무부를 통해 한 · 중문화협정 발효에 따라, 중국 측에 안중근 의사 유해 발굴조사 협조를 요청했으나, 오랜 시간이 지나서 자료의 유실이나 유해 매장지 확인의 어려움을 확인했다[19].

1998년 5월 9일 자 〈연합뉴스〉[20]에 따르면, 이세기 국회문화관광 위원장은 후진타오 중국 국가 부주석에게 안중근 의사 유해 발굴에 중국이 협조해 줄 것을 요청했고 이에 후 부주석은 협조 의사를 밝혔다[21].

2002년 11월에는 국가보훈처, 국제한국연구원에서 뤼순감옥 · 뤼순 관동법원 · 안중근 의사 유해 매장 추정지 현장 조사를 실시했다. 2004년 11월, 라오스 비엔티안 제10차 아세안(ASEAN) 정상회의에서 당시 노무현(盧武鉉) 대통령이 중국 원자바오(溫家寶) 총리에게 중국 정부의 안중근 의사 유해 발굴 협력을 요청한 이후, '안중근 의사묘역추정위원회'를 이끌던 최서면(崔書勉) 도쿄(東京) 국제한국연구원장은 2005년 1월, 안중근 의사 유해의 매장 위치를 북위 38도 49분 3초 동경 121도 15분 43초라 주장했다[22][1910년대 뤼순감옥 초대 감옥소장 구리하라(栗原)의 딸인 이마이 후사코가 최서면 원장에게 1911년 뤼순감옥 뒷산에서 죽은 사람들에게 천도제(추조회)를 지냈다는 증언과 함께 제공한 사진 근거].

한국 정부는 이러한 최서면 원장의 주장을 받아들여 2005년 6월, 제15차 남북장관급회담(2005.6.21~24.)에서 안중근 의사 유해 발굴 사업을 남북공동

---

19 김월배 · 판마오중(2014), ≪안중근은 애국 – 역사는 흐른다≫, 한국문화사, p.180
20 연합뉴스(1998.05.09.), "中, 안중근 의사 유해 발굴 협조"
21 기사문 내용은 제1장 p.23에 제시함
22 김월배 · 판마오중(2014), ≪안중근은 애국 – 역사는 흐른다≫, 한국문화사, p.181

으로 추진하기로 합의했다. 남북 대표단은 3차에 걸친 '안중근 의사 유해 공동 발굴 및 봉환을 위한 실무접촉'(2005년 9월 7일, 11월 22일, 2006년 3월 20일)을 개최했다. 남북 대표단은 '안중근 의사 유해발굴단'을 구성해 안중근 의사의 유해 발굴 및 봉환 사업을 공동으로 추진하기로 합의하고, 상호 연구 결과 및 유해 공동 발굴 사업에 대한 의견을 교환했다[23].

2.1.3 남 · 북 공동 안중근 의사 유해 발굴조사(2006년)

2005년 6월에 실시한 제15차 남북 장관급 회담에서 남북 공동 유해 발굴 추진에 합의함에 따라, 2006년 6월 7일부터 11일까지 중국 뤼순에서 남한과 북한은 공동으로 안중근 의사 유해 발굴조사를 했다. 조사에 참여한 남북공동 조사단 인원은 총 23명으로, 남한에서 15명, 북한에서 8명이 참여했다.

[사진] 2006년 유해 발굴조사 활동[24]

---

23 통일부(2006), 〈남북대화 제72호(2005.12~2006.12)〉 ; 국가기록원 '안중근 의사 유해 발굴 추진 사업'의 내용 참고
24 뤼순일아감옥구지박물관 제공

安重根, 고국으로 返葬해 다오

남북공동조사단은 이마이 후사코가 당시 8~9세에 들은 내용의 구술 증언과 함께 최서면 원장에게 제공한 1911년 뤼순감옥 뒷산에서 천도제를 지낸 사진(1911년 재감사자 추조회 전면)을 감옥 뒤쪽에 근거하여, 뤼순 일대 지도, 형무소 부근 평면도 등의 자료 및 사형집행보고서 등을 가지고 회의를 진행하고, 육안 확인·사진 촬영·지표 조사·관계자 증언 청취 등을 진행했다[25].

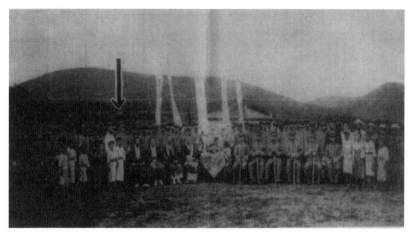

[사진] 이마이 후사코 여사가 최서면 원장에게 제공한 사진[26]

　　남·북 공동 안중근 의사 유해 발굴조사 결과, 남·북은 뤼순감옥 뒤쪽 위안바오산이라 불리는 산 지역에 대한 발굴을 합의하고 발굴 지점으로 결정했다. 2006년 6월 조사 후, 남·북은 뤼순일아감옥구지 주변 안중근 의사 유해 매장 추정지에 대해 현장보존 조치 등을 중국에 공동으로 요청했다[27]. 2006년 11월에 2차로 남·북 공동조사단을 파견하고자 했으나, 북한의 핵실험 문

25　박선주(2011), 〈안중근 의사 유해 추정매장지 연구〉, 人文學誌, 43(2), p.6
26　뤼순일아감옥구지박물관 제공
27　김월배(2021), ≪안중근 의사 유해 발굴, 참 평화의 길이다≫, 걸음, p.51－52

제 등으로 중단되어 발굴 지점만 결정하고 발굴 시도는 못 했다[28].

2.1.4 한 · 중 안중근 의사 유해발굴단 조사(2008년)

2006년 남 · 북 공동 안중근 의사 유해 발굴조사에서 위안바오산 지역을 발굴 지점으로 결정 후 발굴을 시도하지 못한 채 시간이 지나, 2007년 4월 10일, '안중근 의사 유해 발굴 및 봉환을 위한 제4차 남북 실무접촉'을 실시했다. 통일부에서 작성한 〈남북대화 제73호(2007.1~2008.2)〉[29]에 따르면, 북한 측의 유해 발굴 지역을 1단계로 시 · 발굴 지역 전체(25,000㎡) 중 1,500㎡를 하고 2단계로 나머지 전체 지역을 발굴하자는 제의에 남한 측은 매장 추정지 중 10,000㎡(뤼순감옥구지 뒷산 일대)를 우선 시 · 발굴할 것을 제안하였고, 북한 측이 수용했다. 남 · 북은 발굴 장소 보존, 발굴 장비 현장 반입 등 중국 정부에 협조 요청할 사항에 합의하여, 각자 외교 경로를 통해 신속히 문서로 요청하기로 하고, 합의 내용에 대해 각자 편리한 대로 〈공동보도문〉[30]을 내기로 한 뒤, 실무접촉을 마쳤다.

이후, 현장에 2007년 10월부터 진행된 아파트 터 공사 때문에 안중근 의사 유해 추정 묘역이 훼손되었다는 언론 보도가 있었다[31]. 이에 따라, 중국 정부의 현장보존 요청 지역 중 남은 지역에 대해서는 발굴이 시급해졌다.

---

28 박선주(2011), 〈안중근 의사 유해 추정매장지 연구〉, 人文學誌, 43(2), p.4

29 통일부(2008), 〈남북대화 제73호(2007.1~2008.2)〉

30 〈공동보도문〉: 안중근 의사 유해 위치와 관련하여 그동안 수집한 관련 자료 및 공동 현지 조사 결과에 대해 의견을 교환하고 '뤼순감옥구지(舊地) 뒷산 일대'를 유해 발굴 우선 대상 지역으로 확정, 유해 공동발굴단을 1단계로 4월 하순부터 약 1개월간 현지 조사 및 유해 시 · 발굴 실시, 발굴 장소 보존 조치 등 중국 측에 요청할 구체적인 사항을 마련하고, 이를 중국 정부에 공동으로 협조 요청, 남북공동발굴단 구성 및 추진 일정 등과 관련한 구체적인 사항들은 판문점을 통하여 문서교환 방식으로 협의

31 연합뉴스(2008.03.10.), "中 뤼순 안중근 유해 발굴 예정지 훼손 실태"

[사진] 위안바오산 지역, 현재는 아파트가 들어선 모습[32]

---

32 저자 촬영

2008년 안중근 의사 유해 발굴에 북한은 문서상으로만 동의하고 직접 참여하지 않았다. 한국과 중국이 공동으로 2008년 3월 25일~4월 2일에 1차, 4월 10일~4월 29일에 2차에 걸쳐 안중근 의사 유해 발굴을 시도했다. 조사에 한국 측은 14명[33], 중국 측은 4명[34]이 참여했다.

당시, 한·중 안중근 의사 유해발굴단에 참여했던 박선주 충북대 교수의 논문(박선주, 2011)[35]에 따르면, 2008년도 유해 발굴조사에서는 2006년도 남·북 공동조사단의 결론을 기본으로 이마이 후사코 여사가 최서면 원장에게 제공한 1911년 재감사자 추조회 사진과 1930년대 뤼순감옥 부근 지도 및 감옥 부근 지형도, 소노키 스에요시의 '안의 사형 시말 보고'를 분석하여 조사를 진행했다. 발굴조사 지역은 2006년 남·북 공동조사단이 묘역 추정지 중 가장 신뢰성이 높다고 판단한 뤼순일아감옥구지 뒷산인 위안바오산 하단지역으로 이곳에서 발굴 작업을 진행했지만, 안중근 의사 유해는 발굴되지 않았고 오래된 생활 쓰레기만 나왔다.

이에 대해, 2008년 한·중 안중근 의사 유해 발굴에 참여한 왕전런(王珍仁) 전 뤼순일아감옥구지박물관 부관장은 안중근 의사 유해 발굴 관련 논문[36]에서 당시 한국 측 발굴 결과는 지형 지모나 역사적 주거환경, 사람들의 민속 습관 등을 살펴봐도 안중근 의사 매장지일 가능성이 없다는 중국 측 의견을 뒷받침하는 것이라고 했다. 또한, 유해 발굴 후, 한국 측에서 탐방 조사를 계속할 것을 요청하자, 안중근 의사 유해 발굴은 중국 학자들의 바람이기도 하다며 이미 안중근 의사 유해 발굴을 뤼순일아감옥구지박물관 업무계획에 포함했다는 책임자의 답변이 있었다고 했다.

---

33 충북대학교 유해 발굴센터 9명, 한국지질자원연구원 5명
34 뤼순감옥 측 2명, 민간 연구가 1명, 사학교수 1명
35 박선주(2011), 〈안중근 의사 유해 추정매장지 연구〉, 人文學誌, 43(2)
36 王珍仁(2015), 〈關於安重根其人其事及遺骨尋找的相關問題〉, 大連市近代研究所, 12

2.1.5 중국 단독 안중근 의사 유해 발굴조사(2008년)

앞서 한·중 안중근 의사 유해발굴단 조사에서 안중근 의사 유해를 찾지 못했지만, 왕전런(2015)[37]이 밝힌 바와 같이, 한·중 안중근 의사 유해발굴단 조사 후, 한국 측이 돌아간 뒤에 뤼순일아감옥구지박물관은 2008년, 단독으로 안중근 의사 유해 발굴을 조사했다.

뤼순일아감옥구지박물관·다롄시근대사연구소(2008)[38]에 따르면, 2008년 중국(뤼순감옥) 단독 안중근 의사 유해 발굴조사는 2008년 5월, 뤼순일아감옥구지박물관 관장인 화원구이가 주차장 경영자인 류완리와 나눈 대화(류완리가 안중근 의사의 매장지에 대해 좀 알고 있다는 지인의 이야기를 들었다고 전함)에서 시작되었다. 샤오파오타이산이라는 조선인(고려인)의 매장지를 단서로 탐문 및 탐방 방식으로 조사를 진행하고 뤼순일아감옥구지박물관에서 단독으로 다롄시 정부에 공문을 넣어 샤오파오타이산 앞 흙무덤 발굴을 시도했다. 하지만 2미터 이상 땅을 팠는데 생토만 나오고 안중근 의사 유해는 찾지 못했다.

[사진] 샤오파오타이산 최근(2023년) 모습[39]

---

37 앞의 논문
38 旅順日俄監獄旧址博物館·大连市近代史研究所(2008),〈安重根埋葬地尋访调查〉
39 저자 촬영

3. 안중근 의사 유해 발굴조사 현황

2008년 한중 공동 안중근 의사 유해 발굴조사 이후, 공식적으로 현장 발굴조사가 이뤄지지 않았지만, 다른 여러 방법을 시도하는 등의 국가기관과 민간의 노력이 있었다. 이어서 2008년 이후부터 현재까지의 안중근 의사 유해 발굴조사 현황을 살펴보도록 하겠다.

3.1. 한국의 뤼순 현지 재답사(2009년)

2009년에는 민간 차원에서 '안중근의사숭모회' 부회장이던 김영광 의원이 뤼순 현지조사·증언 분석을 했다. 2008년 한·중 안중근 의사 유해발굴단 조사에 대해 이마이 후사코가 8~9세 때의 기억을 증언한 것을, 가감 없이 받아들이고 매달렸던 부분을 지적하며, 이로 인해 안중근 의사 유해 발굴 작업이 중단되게 할 수 없다는 판단에서, 이국성[李國成, 이회영(李會榮, 1867~1932)의 손자라 본인 주장], 정지섭과 함께 2009년 9월 15일부터 18일까지 현지를 재답사했다. 이 답사에 대한 김영광 선생의 〈1910年代安重根義士墓域〉[40]이라는 제목의 보고서에 따르면, 그동안 안중근 의사가 묻혔을 것으로 추정했던 뤼순 샹양가(向陽街) 뒷산을 지목한 증인 신현만(申鉉滿, 상이군인 출신), 이국성, 김파(金波, 다롄 거주), 2009년 당시 뤼순일아감옥구지박물관에 35년간 재직했던 직원 판마오충, 다롄대학교의 류빙후(秉秉虎) 교수, 고가 하츠이치의 증언(고가 하츠이치의 참회록 〈뤼순형무소회고(旅順刑務所回顧)〉)[41]으로 현지를 분석한 결과, 안중근 의사 순국 당시인 1910년대 뤼순감옥 묘역으로는 샹양

40　김영광(2010), 〈1910年代安重根義士墓域〉

41　뤼순 의과 대학을 졸업하고 뤼순형무소에서 1944~1945년 의사로 재직한 고가 하츠이치는 90년대 후반 뤼순일아감옥구지박물관을 방문했고 참회록 〈旅順刑務所回顧〉을 남겼다(김월배, 2023, 〈한국 정부의 안중근 유해 추정 3대 지역 고찰〉, 대련의 한국인, 16(3), p.57)

가(向陽街) 지점일 가능성이 높다고 제시했다(둥산포를 지칭함)[42].

[사진] 둥산포의 현재(2024년) 모습[43]

3.2. 안중근 의사 유해 발굴 추진단 결성(2010년~)

2010년 4월에는 민관합동으로 '안중근 의사 유해 발굴 추진단'이 결성되었다. 추진단은 '자문위원회, 자료발굴단, 유해발굴단, 정부지원단'으로 구성되었다[44]. 국가보훈처(현 국가보훈부)에는 '안중근 의사 유해 발굴 실무 T/F'가 만들어졌다[45]. 안중근 의사 유해 발굴 추진단은 이듬해에 자료 수집[46]의 활동

---

42 김월배 · 김이슬 외(2023), ≪유해 사료, 안중근을 찾아서≫, 진인진, p.315−320

43 저자 촬영

44 연합뉴스(2010.05.19.), "안중근 의사 유해 발굴추진단 대규모로 구성"

45 장석흥(2013)에 따르면, 이 실무 T/F의 사업 기간은 '2010년 7월~안중근 의사 유해 발굴 완료'로
    명시돼 있다고 한다(장석흥 교수는 '안중근 의사 유해 발굴 추진단'의 자료발굴 위원으로 참여).

이라든지 간담회나 자문위원회 회의가 이뤄지는 등 정부와 민간이 힘을 합쳐 안중근 의사 유해 찾기를 위해 노력했으나, 2015년 국감에서 활동이 저조하다는 지적을 받았다[47]. 이후, 국회 예산정책처로부터 '2018회계연도 결산 분석 종합' 보고서를 통해서도 2010년 이후 매년 자료 조사·관계부처 또는 중국과 협의에 1억 원 안팎의 예산을 받는데 실제 발굴에 대해서는 별다른 성과가 없으며, 안중근 의사 유해 발굴 내역 사업 예산으로 채용한 계약직 직원은 안중근 의사 유해 발굴 관련 업무가 아닌 다른 업무(국외 안장 묘소 실태 조사, 관리·유해봉환 추진 등)를 같이 담당하고 있다고 지적받았다. 안중근 의사의 유해를 찾는 노력을 한다는 점에서 큰 의미가 있지만, 관성적인 방식으로 예산이 집행되지 않도록 실제 발굴 업무의 사전 준비를 철저히 할 필요가 있다고 밝혔다[48].

실제로, 추진단의 활동 성과는 관련 연구자나 기관들 사이에는 공유되지 않는 실정이다[49]. 심지어 2023년 3월, 국가보훈부 출범 계기 정책설명회에서 박민식 전 국가보훈부 장관은 '안중근 의사 유해 발굴 추진단'이 있음에도(추진단 업무가 종결되었다거나 해체되었다는 발표 혹은 보도가 없는 상황), 안중근 의사 유해 발굴과 관련된 특별팀을 만들어 찾아와야 한다는 의견을 무겁게 받아들여 적극 검토하겠다고 밝혔다[50]. 이에 대해 추진단의 업무가 종결된 것인지, 더 이상 국가보훈부와 협동하지 않는 것인지, 아니면 당시 박 전 장관이 기존의 추진단에 대한 정보가 부족한 것인지 의구심이 들지 않을 수 없었다. 언론에 공개된 가장 최근의 추진단 활동은 2018년 8월, 관련 부처가 참여하는 '안중근 의사 유해 발굴 추진단 회의를 열어 안중근 의사 유해 발굴을 위

46 연합뉴스(2011.09.07.), "안중근 의사 유해 발굴 자료 수집단 첫 訪日"
47 뉴시스(2015.09.09.), "[2015국감] '안중근 의사 유해 발굴 추진단 활동 저조'"
48 머니투데이(2019.08.13.), "안중근 의사 유해 발굴에 매년 1억원 쓰는데, 성과는…"
49 시사저널(2023.06.19.), "안중근 의사 유해는 '둥산포'에 묻혀 있을 것"
50 헤럴드경제(2023.06.15.), "박민식 '3·1절·광복절 보훈부 주관은 비정상의 정상화"

한 세부 추진 계획을 협의할 것'이라는 소식[51]이었고[52], 그 이후의 활동에 대해서는 언론 노출이 없는 것으로 보인다.

3.3. 중국과 일본에 대한 한국의 협조 요청

한국은 최근까지 지속적으로 중국 측에 안중근 의사 유해 발굴 협조를 요청해 왔다. 하지만 중국 측은 안중근 의사의 고향이 북한인 황해도 해주라는 점을 이유로 남한과 북한이 함께 유해 발굴을 신청하면 고려해 보겠다는 입장과, 매장 위치에 대한 확실한 근거자료 필요 등의 이유로 '선 자료, 후 발굴'의 입장을 보인다[53].

자료의 경우, 당시 안중근 의사가 사형당한 관동도독부감옥서(뤼순감옥)는 일본이 관리했기 때문에 일본에 기록이 있을 것으로 판단되므로, 일본 정부의 협조가 필요한 상황이다. 이에 대해, 한철호 동국대 교수도 일본 측은 당시 정부 차원에서 안중근 의사의 사형과 유해 매장지 은폐를 지시했던 만큼 유해 처리 관련 문서를 남겼을 가능성이 있다고 했으며, 중국 측에 대해서는 중국은 일본이 패망 후, 소각하지 못했거나 일본으로 가져가지 못한 자료들을 소장하고 있을 가능성에 대해서 짚었다[54]. 또한, 김월배 하얼빈이공대 교수도 안중근 의사 유해의 위치를 확증하려면 중국과 일본의 사료 확보가 선행돼야 한다고 하면서 필요한 자료에 대해 언급했다[55]. 국가보훈부 관련자도

---

51 매일경제(2018.08.17.), "'안중근 유해 발굴' 본격 추진…보훈처 · 통일부 · 외교부 공조"

52 네이버 뉴스 검색 일자: 2024년 3월 20일

53 SBS(2018.10.24.), "[취재 파일] 안중근 유해 찾기 키워드 ⑤ - '어렵고 힘들다'는 건 국민도 다 압니다"; KBS(2019.03.04.), "갈 길 먼 안중근 유해 발굴…중국 협조가 관건"; 디지털타임스(2021.10.26.), "보훈처 '안중근 유해 국내 봉환 위해 中과 협의 추진'"

54 뉴시스(2021.10.26.), "표류하는 안중근 유해 봉환…日은 모르쇠, 中은 北 눈치"

55 문화일보(2019.02.19.), "〈3 · 1운동, 지나온 100년 다가올 100년〉 '安 의사 묘지 위치 확증하려면 中 · 日 사료 확보 선행돼야"

"전문가들이 얘기하는 것이지만 가장 유력한 자료는 일본에 있을 것으로 추측하기 때문에 이제는 외교적인 부분이 중요한 상황"이라고 밝혔다[56].

2008년 4월, 한국 국가보훈처(현 국가보훈부)는 외교 채널을 통해 일본 정부에 안중근 의사 유해 관련 기록을 정식으로 요청했으나 관련 자료가 없다는 일본 측의 답만 얻었다. 전 국가보훈처 김양 처장은 "그 자료가 영구 비밀로 돼 있으니까 외교부를 통하더라도 그것이 어디 창고(문서고)에 있는지 모를 것"이라고 밝혔고, 2010년 1월 언론 인터뷰에서는 "일본은 기록을 중시하는 나라이기 때문에 안중근 의사 유해와 관련한 기록이나 정보를 분명히 가지고 있을 것"이라고도 했다[57].

2008년, 안중근 의사 유해 발굴에 실패한 뒤 이후, 유의미한 추가 시도는 없었고, 2010년대 들어, 이에 대해 여러 의견과 지적들이 있는 가운데, 중국을 계속해서 설득 중이라는 답변 또는 매년 유해 발굴 사업을 추진할 것이라는 계획만 반복되고 있다[58]. 2018년 5월 31일, 피우진 전 국가보훈처장은 1주년 취임 기념 기자간담회에서 국가보훈처(현 국가보훈부)가 진행 중인 안중근 의사 2차 유해 발굴 사업에 대해, 둥산포 지역에서 지표투과 레이더(GPR) 검사 작업 등을 추진하고 있다고 했다[59]. 같은 해 8월 14일, 청와대에서 주최한 독립유공자·유족 초청 오찬에서, 문재인 전 대통령은 직접 내년(2019년) 3·1 운동과 대한민국 임시정부 수립 100주년을 맞이하여 북한과 공동으로 안중근 의사의 유해 발굴 사업을 추진하겠다고 밝혔다[60]. 이듬해 2019년 1월 14일에는 당시 국가보훈처에서 남북 공동으로 안중근 의사 유해 발굴을 추진한다고 밝혔다[61].

---

56 CBS(2024.03.28.), "순국 114주년 안중근 유해는 어디에…中日 협조는 기대난망"

57 문화일보(2023.08.17.), "일본 내 안중근 의사 유해 기록·유품 반환 진전 기대감"

58 헤럴드경제(2015.02.13.), "안중근 의사 유해 말로만 찾는다는 국가보훈처"; 뉴시스(2021.10.26.), "표류하는 안중근 유해 봉환…日은 모르쇠, 中은 北 눈치" 등

59 문화일보(2023.05.31.), "안중근 의사 유해 발굴, 南北 중점협력사업 추진"

60 KBS(2018.08.14.), "문재인 대통령 '남북, 안중근 의사 유해 공동 발굴 추진'"

安重根, 고국으로 返葬해 다오

2020년대 들어서는 2023년 3월 26일, 안중근의사기념관에서 열린 순국 113주기 기념식에서 당시 국가보훈처 박민식 처장이 관련 사료를 수집하고 주변국과 협력해 유해를 속히 조국으로 모실 수 있도록 최선을 다하겠다고 밝혔다[62]. 또한, 한·일 관계가 이전과 다르게 정상화하는 가운데 국가보훈부가 안중근 의사 유해 발굴을 위해 일본의 협조를 구하겠다고 밝혔는데, 2023년 8월 16일, 당시 국가보훈부 장관이었던 박민식 전 장관은 한국신문방송편집인협회가 주최한 포럼에서 "안중근 의사 유해 발굴 유의미한 진전 끌어낼 것"이라고 했다[63]. 두 달 뒤인 10월 26일, 안중근의사기념관에서 진행된 하얼빈 의거 114주년 기념식에서 박 전 장관은 "중국·일본·대만·러시아 등과 긴밀히 협력해 안중근 의사 유해를 대한민국으로 모시는 날까지 성심을 다하겠다."라고 밝혔다[64]. 하지만 매번 반복되는 '안중근 의사 유해 발굴을 추진하겠다.' 또는 '주변국과 협력을 구하겠다.' '진전을 이끌겠다.' 등의 발표는 늘 발표에서 그칠 뿐, 어떤 시도로도 연결되지 않아 국민의 기대에 부응하지 못하고 있다[65].

이런 가운데 최근 취임한 강정애 국가보훈부 장관은, 안중근 의사 순국 114주기를 앞두고 한 인터뷰에서 "안중근 의사 유해를 발굴하려면 유해 매장지를 특정할 명확한 근거자료가 필요하다. 일본, 중국에 자료 조사나 발굴 협조 등을 계속 요구하고 있다. 내년이 광복 80주년인 만큼 보훈부는 끝까지 유해 발굴을 위해 노력하겠다. 독립운동사에서 절대적 영웅을 대한민국으로 모시는

61 아시아경제(2019.01.19.), "3·1운동 유네스코 등재 추진…안중근 의사 유해 남북공동 발굴"
62 KBS(2023.03.26.), "안중근 의사 113주기 추모식…보훈처 '유해 모시도록 최선'"
63 문화일보(2023.08.17.), "일본 내 안중근 의사 유해 기록·유품 반환 진전 기대감"
64 아주경제(2023.10.26.), "박민식 보훈장관 '안중근 의사 봉환 위해 중·일·러와 긴밀 협력'"
65 YTN(2015.09.04.), "정부, 7년간 '수수방관'…유해 발굴 해법은?"; SBS(2018.10.24.), "[취재파일] 안중근 유해 찾기 키워드 ⑤ – '어렵고 힘들다'는 건 국민도 다 압니다"; 경향신문(2019.04.03.), "3·1운동 100주년, 첫발도 못 뗀 안중근 유해 찾기"; 조선일보(2023.03.06.), "[단독] 北과 안중근 의사 유해 발굴한다던 文정부, 제안조차 안 했다."

그날까지 끝까지 멈추지 않겠다."라고 했다[66]. 두 달 뒤, 인터뷰에서도 "안중근 의사 유해 발굴을 위해서는 유해 매장지를 특정할 수 있는 보다 명확한 근거자료가 필요한 상황으로, 일본·중국 측에 자료 조사 및 발굴 협조 등을 지속적으로 요구하고 있다."라는 같은 대답을 하였고, "특히 우리나라와 중국은 항일운동의 역사를 공유하는 만큼, 광복 80주년을 계기로 중국과 소통을 강화해 안중근 의사 유해 발굴이 유의미한 결과를 낼 수 있도록 노력하겠다. 다가오는 광복 80주년이 국민에게 큰 울림을 주고 국민통합의 디딤돌이 될 수 있도록 만전을 기하겠다."라며 안중근 의사 유해 발굴에 대한 의지를 밝혔다[67].

한편, 2023년 4월 27일, 여야 국회의원들은 안중근 의사 유해 발굴에 대해 뜻을 모아, 여야 의원 163명[68]이 '안중근 의사 유해 발굴·봉환 국회의원 모임'을 결성하기도 했는데[69] 결성 이후 안중근 의사 유해 발굴에 대한 활동에 관해서 국민에게 밝힌 바 없이 다음 해, 21대 국회에서 22대 국회를 맞이했다. 국회는 입법기관으로서 안중근 의사 유해 발굴에 뜻을 모은 국회의원들이 국회의원이라는 특성과 직무에 맞게 안중근 의사 유해 발굴 관련 법안에 대해 뜻을 모았으면 하는 아쉬움이 남는다. 또한, 국회의원의 특성상, 국민의 선거에 의해 선출되지 못하면 다음 국회에 진출하지 못하므로, 그 뜻을 잇는 등 활동하는 데에 지속성 유지의 어려움을 맞이할 가능성이 크다. 이 국회의원들 모임 역시 마찬가지로, 2023년에 결성된 '안중근 의사 유해 발굴·봉환 국회의원 모임' 소속 의원 중, 22대 국회에 진출하지 못한 의원이 다소 있으며, 그중에는 모임을 주도한 의원들도 있다고 한다[70].

---

66 동아일보(2024.03.04.), "제복 근무자에 민간 기부금 전하는 '모두의 보훈' 프로젝트 시작 [파워인터뷰]"

67 뉴스1(2024.05.22.), "강정애 '국민 기부금으로 보훈 사업 '모두의 보훈' 6월 론칭'[일문일답]"

68 국민의힘 의원 60명, 더불어민주당 의원 100명, 정의당 및 무소속 의원 3명

69 뉴스1(2023.04.27.), "여야 의원 163명, '안중근 의사 유해 발굴·봉환 모임' 결성"

70 중부일보(2024.05.02.), "[와이드 인터뷰] 양기대 더불어민주당 국회의원 '스스로 존재 알리며 평화운동… 위안부 노벨평화상 자격 충분'"

安重根, 고국으로 返葬해 다오

3.4. 자료 수집 및 연구

2009년 10월 26일, '안중근 의사 의거 100주년 기념 유족 초청행사'에서 안중근 의사 유해 발굴을 대비해 안중근 의사의 증손자 토니 안(안보영) 씨의 유전자(DNA) 샘플 추출을 위한 채혈을 했다[71]. 이는 안중근 의사 유해 발굴에 앞서 반드시 필요한 중요 과정이었다고 할 수 있다.

2015년, 하얼빈이공대학교 김월배 교수는 중국외교부 · 한국국가보훈처 자료(〈안중근 의사 유해 발굴 기초자료 확보를 위한 지표투과레이더 관련〉[72])에 안중근 의사 매장지 관련 신문 기사, 뤼순감옥공공묘지 위치 지도, 2010년 2월에 실시한 미국의 중국 내 지표투과레이더(GPR) 사용 사례, 지표투과레이더 방식을 활용한 안중근 의사 유해 발굴의 가능성에 대해 발표했다[73].

2019년 5월 29일, 국가기록원에서 1910년 4월 8일 자 러시아 신문 〈우스리스까야 아끄라이나〉의 기사 '〈해외소식〉 일본'에 실린 안중근 의사의 사형 과정, 사형 집행, 유해에 대한 내용을 기사문 원문과 함께 번역문으로 보도자료에 제시했다[74]. 그 번역 내용 중, "관에 넣어져 튜렘의 작은 예배장으로 옮겨졌다. 암살에 가담한 3명의 동료에게는 안과 이별하는 것이 허락되었다. 그들 중 한 명은 이 의식 중에 미친 듯이 행동하였다. 그 후 관은 지역 기독교 묘지로 옮겨졌다."라는 내용에 대해, 한국 언론들은 이전까지의 안중근 의사 유해 매장 장소에 대한 의견이 분분했는데 러시아 신문 기사의 '기독교 묘지'가 결정적 단서가 될 수 있다고 기사를 실었다. 하지만, 이 기사는 일본 〈아사히신문〉을 인용해 보도한 것으로 밝혀졌고, 〈문화일보〉(2019.05.30.)[75]에서

---

71 연합뉴스(2009.10.26.), "안중근 의사 유족 DNA 확보"

72 김월배(2015), 〈안중근 의사 유해 발굴 기초자료 확보를 위한 지표투과레이더 관련〉, 중국외교부 · 한국국가보훈처

73 김월배 · 김이슬 외(2023), ≪유해 사료, 안중근을 찾아서≫, 진인진, p.341−346

74 국가기록원 행정지원과(2019.05.29.) 보도자료, "'나는 조국 해방의 첫 번째 선구자', 그는 역시 영웅이었다."

는 "국가기록원도 이 같은 사실을 알고 있었으나 실적 알리기에 급급해 결과적으로 국민의 관심이 지대한 안 의사의 유해 발굴 작업과 관련해 혼선을 부추겼다는 의혹을 벗기 어렵게 됐다."라는 내용을 실었다[76].

하지만, 유의미한 발견도 있었다. 2019년, '안중근 사건공판 속기록(安重根 事件公判 速記錄)' 1책(1910년, 明治 43년 3월 28일 간행, 1책)을 한 학생과 가족이 기증한 일이 있었고[77], 2022년 10월 26일에는 '구리하라 형무소장이 안중근 의사의 사정을 고려해서 파격적으로 하얼빈 소나무로 만든 관에 안치시켰다[78].'는 1910년 3월 10일자 중국 〈성경시보〉[79] 기사가 확인되었다[80].

4. 유해 발굴 당면 과제 및 방안

안중근 의사 유해 발굴의 과정은 '발굴 전 → 발굴 → 발굴 후' 단계로 나눌 수 있는데 본 장에서는 안중근 의사 유해 발굴의 당위성과 관련하여 발굴에 앞선 준비 과정에 해당하는 발굴 전 단계에 직면한 과제와 그에 대해 어떻게 나아갈 수 있을지 고찰해 보고자 한다. 이를 위해, 앞서 살펴본 안중근 의사 유해 발굴조사 경과 및 현황, 당위성에 대한 논의를 바탕으로 안중근 의사 유해 발굴에 앞선 당면 과제와 그에 대한 방안을 모색해 보도록 하겠다.

안중근 의사 유해 발굴에 앞서 가장 중요한 선행과제는 바로 '매장 위치를

---

75 문화일보(2019.05.30.), "기록원 '안중근 묘지 오보' 알고도 공개…유해 발굴에 혼선만"

76 김월배 · 김이슬 외(2023), 《유해 사료, 안중근을 찾아서》, 진인진, p.349

77 아시아투데이(2019.04.09.), "문재인 대통령, 안중근 공판속기록 기증한 학생 가족들과 환담"

78 앞의 책, p.145

79 성경시보(1910.03.10.), "안중근 비명 후의 이야기"

80 대한민국정책브리핑 정책뉴스(2022.10.26.), "'안중근 의사 유해, 소나무관 안치 후 장례'…당시 中 기사 발굴"

찾고 지정'하는 것이라고 할 수 있다. 매장 후보지 중 확실한 곳을 지정하는 것이 필요하다. 왜냐하면, 안중근 의사 유해 발굴 작업은 중국 뤼순에서 실시해야 하는데 중국 국가 내에서 이뤄지는 것이므로 중국에 발굴 협조 신청이 필요하다. 그런데 중국에서는 확실한 매장 관련 사료를 검증하여 남북 공동으로 협조 신청하라는 태도를 보인다(선 자료 후 발굴).

그렇다면 안중근 의사 유해 매장지는 어디인가? 조선 통감부 통역 소노키스에요시의 '안의 사형 시말 보고'에 "…10시 20분 安의 시체는 특별히 監獄署에서 만든 寢棺에 이를 거두고 흰색 천을 덮어서 교회장으로 운구되었는데, 이윽고 그 공범자인 禹德淳 · 趙道善 · 劉東夏 3명을 끌어내어 특별히 예배를 하게 하고 오후 1시에 監獄署의 묘지에 이를 매장했습니다.…"라는 기록이 있다. 안중근 의사 유해를 매장했다는 '감옥서 묘지' 즉, 관동도독부감옥서 공동묘지의 정확한 위치가 아직 사료적으로 입증되지 않았다[81]. 이 위치를 찾기 위해 몇 차례 발굴조사를 벌이며 노력했지만, 안중근 의사 유해를 찾지 못하고 실패했다. 그러나 이 실패 경험을 통해, 후보지들을 줄여나가는 과정을 겪을 수 있었다. 또한, 안중근 의사 유해 발굴의 실제 작업에 앞서 무엇이 필요한지 확인할 수 있는 경험을 얻을 수 있었다.

당시 안중근 의사 매장 위치 관련 정보는 어떻게 얻을 수 있을까? 당시 뤼순감옥인 관동도독부감옥서는 일본이 관할했으므로 안중근 의사 유해 매장지 관련 기록 자료를 일본에서 갖고 있을 것이다. 이미 한국에서 공식적으로 일본에 요청한 바가 있지만, 관련 자료가 없다고 답한 상황이다. 이밖에 중국 자료도 필요하다. 특히 안중근 의사가 뤼순에서 순국했기 때문에 뤼순이 속한 다롄시 당안관에 소장된 안중근 의사 순국 당시(1910년) 자료[82] 열람이 필요한데 1945년 이전 자료의 열람을 제한하고 있다[83].

---

81 김월배(2021), 《안중근 의사 유해 발굴, 참 평화의 길이다》, 걸음
82 관동도독부 당시의 헌병 자료, 1910년 뤼순지역의 지도, 1910년과 그 후의 기상자료, 그동안 다롄시 당안관에서 수집한 1909년과 1910년 시기 뤼순지역 자료 등이 있는지 확인

이런 상황이지만 안중근 의사 유해 찾기에 손을 놓고 있을 수 없다. 민간에서라도 안중근 의사 유해 찾기에 지속적으로 관심을 두고 민간 차원에서 할 수 있는 준비를 해야 한다[84][85]. 그렇다면 민간에서는 어떤 노력을 할 수 있을까?

첫째, 안중근 의사 유해 매장 후보지가 훼손되지 않도록 관심을 두고 지켜보아야 할 것이다. 후보지로 잘 알려진 둥산포 지역은 뤼순일아감옥구지박물관에서 약 1km 떨어진 곳에 위치하고 있으며, 뤼순일아감옥구지박물관에서 공식 인정하는 관동도독부감옥서(뤼순감옥) 공동묘지이다. 중국에서 전람회 준비를 위해, 이미 두 차례(1965년, 1971년) 일부 발굴한 적이 있지만, 전체 지역은 아직 발굴하지 못했다. 이 지역은 역사적 중요성을 인정받아 뤼순감옥 묘지 보호를 위해 전국중점문물보호기관으로 지정돼 있기 때문에, 개발에 대해 한시름 놓아도 된다고 볼 수 있지만 모두 안심할 수는 없다. 2006년 남북이 공동 조사 시, 위안바오산 지역을 조사 지역으로 선정 이후, 현장에 2007년 아파트 터 공사로 안중근 의사 유해 추정 묘역이 훼손되었다는 언론 보도[86]에 따라, 발굴이 시급해져 2008년 한중 공동조사(북한은 서류상으로만 참여)가 이뤄졌던 적이 있다. 해마다 중국 청명절에 뤼순일아감옥구지박물관 직원들이 이 지역에 나와서 보호 표지석 주변을 깨끗하게 하고 제사를 지내고 있기는 하지만 이 지역을 상시 관리 · 감독하는 인원이 있는 것은 아니다. 그로 인해 설치가 허락되지 않은 목각 조각(나날이 늘어남)이 둥산포 지역 샹양공원(向陽公園) 입구에 늘어서 있거나 불법적으로 사람들이 몰래 묻는 묘가 조금씩 생겨나고 있다. 따라서 지속적으로 이 지역에 관심을 두고 훼손되

83 문화일보(2018.07.12.), "안중근 유해 발굴, 남북 공동으로 나서면 中 협조할 것"
84 중앙일보(2023.09.06.), "국민대 한국학연구소, 안중근의사찾기 한 · 중민간상설위원회 설립 현판식 열어"
85 잡포스트(2024.02.14.), "안중근 의사 한 · 중 민간, 유해 발굴 재외국민이 나선다."
86 연합뉴스(2008.03.10.), "中 뤼순 안중근 유해 발굴 예정지 훼손 실태"

지 않도록 지켜보아야 할 것이다.

[사진] 둥산포 지역으로 들어가는 길(샹양공원 입구)[87]

　둘째, 민간에서의 지속적인 자료 수집을 해야 한다. 물론 위에서 언급한 국가 차원에서 공식적으로 요청해야 할 자료들에 대해 민간 개인의 접근 가능성이 쉽지 않다. 하지만 안중근 의사 유해와 관련된 작은 단서에도 관심을 기울여 자료를 수집해 나가야 한다. 연구자들은 안중근 의사 유해 관련 자료 수집을 위해 사료 연구, 현장 조사, 면담 조사 등을 하면서 연구를 지속해야 할 것이다.

　셋째, 한국·중국·일본 세 나라의 안중근 의사 관련 민간 교류가 필요하다. 민간에서 관련 중국, 일본 현지 학자 및 전문가들과의 학술 교류를 통해,

---

87 저자 촬영

한국에서 찾을 수 없던 안중근 의사 유해 관련 자료나 유해 발굴 관련 아이디어 등을 얻을 수 있을 것이다[88]. 또한, 중국, 일본과 민간 교류를 통해 우호적 관계를 형성해 나가는 것도 장기적으로 안중근 의사 유해 발굴에 앞서 중요한 밑거름이 될 수 있을 것이다. 이 밖에 지속적으로 안중근 의사 유해 발굴과 관련된 다양한 활동(강의, 공연, 영상 공모 등)을 진행한다면 안중근 의사 유해 발굴의 당위성에 대해 국민의 관심과 염원이 더 모일 수 있을 것으로 보인다.

---

88 이데일리(2023.11.17.), '안중근 의사 유해 찾기' 한중일 국제포럼 17일 국민대서 개최

安重根, 고국으로 返葬해 다오

참고문헌

김봉진(2022), ≪안중근과 일본, 일본인 – 끝나지 않은 역사 전쟁≫, 지식산업사
김영광(2010), 〈1910年代安重根義士墓域〉
김월배(2015), 〈안중근 의사 유해 발굴 기초자료 확보를 위한 지표투과레이더 관련〉, 중
　　　국외교부・한국국가보훈처
김월배(2021), ≪안중근 의사 유해 발굴, 참 평화의 길이다≫, 걸음
김월배・김이슬 외(2023), ≪유해 사료, 안중근을 찾아서≫, 진인진
김이슬(2024), 〈안중근 의사 유해 발굴 현황〉, 대련의 한국인, 16(4), 50－56
김월배・판마오중(2014), ≪안중근은 애국－역사는 흐른다≫, 한국문화사
박선주(2011), 〈안중근 의사 유해 추정매장지 연구〉, 人文學誌, 43(2), 1－41
안중근(2019), ≪동양평화론 : 비판정본≫, 독도도서관친구들
안중근(2020), ≪안응칠역사 : 비판정본≫, 독도도서관친구들
장석흥(2013), 〈광복 후 '안중근 의사 유해 찾기'의 경과와 역사적 검토〉, 한국학논총, 39,
　　　357－378
통일부(2006), 〈남북대화 제72호(2005.12∼2006.12)〉
통일부(2008), 〈남북대화 제73호(2007.1∼2008.2)〉
旅順日俄監獄舊址博物館・大連近代史硏究所(2003), ≪旅順監獄舊址百年變遷學術硏討會
　　　文集(1902－2002)≫, 吉林人民出版社
旅順日俄監獄舊址博物館・大連市近代史硏究所(2008), 〈安重根埋葬地尋訪調査〉
王珍仁(2015), 〈關於安重根其人其事及遺骨尋找的相關問題〉, 大連市近代硏究所, 12
徐明勳(2009), 〈中國人心中的安重根〉, ≪抗日戰爭曆史問題第九次國際學術硏討會－紀念
　　　安重根義士擧義100周年－論文集≫, 43－50

국가기록원 행정지원과(2019.05.29.) 보도자료, "'나는 조국해방의 첫 번째 선구자', 그
　　　는 역시 영웅이었다."
대한민국정책브리핑 정책뉴스(2022.10.26.), "'안중근 의사 유해, 소나무관 안치 후 장
　　　례'…당시 中 기사 발굴"
경향신문(2019.04.03.), "3・1운동 100주년, 첫발도 못 뗀 안중근 유해 찾기"
뉴스1(2023.04.27.), "여야 의원 163명, '안중근 의사 유해 발굴・봉환 모임' 결성"
뉴시스(2015.09.09.), "[2015국감] '안중근 의사 유해 발굴 추진단 활동 저조"
동아일보(2024.03.04.), "제복 근무자에 민간 기부금 전하는 '모두의 보훈' 프로젝트 시작"
디지털타임스(2021.10.26.), "보훈처 '안중근 유해 국내 봉환 위해 中과 협의 추진'"
매일경제(2018.08.17.), "'안중근 유해 발굴' 본격 추진…보훈처・통일부・외교부 공조"
머니투데이(2019.08.13.), "안중근 의사 유해 발굴에 매년 1억원 쓰는데, 성과는…"
문화일보(2013.09.16.), "안중근 의사 유해 火葬 가능성"
문화일보(2018.07.12.), "안중근 유해 발굴, 남북 공동으로 나서면 中 협조할 것"
문화일보(2019.02.19.), "〈3・1운동, 지나온 100년 다가올 100년〉 '安의사 묘지 위치 확

증하려면 中·日 사료 확보 선행돼야"'

문화일보(2019.05.30.), "기록원 '안중근 묘지 오보' 알고도 공개…유해 발굴에 혼선만"

문화일보(2023.05.31.), "안중근 의사 유해 발굴, 南北 중점협력사업 추진"

문화일보(2023.08.17.), "일본 내 안중근 의사 유해 기록·유품 반환 진전 기대감"

서울신문(2010.10.26.), "보훈처 '日, 안중근 의사 사형 집행 후 파티'…알고 보니 1년 전 발표 '재탕'"

시사저널(2023.06.19.), "안중근 의사 유해는 '둥산포'에 묻혀 있을 것"

아시아투데이(2019.04.09.), "문재인 대통령, 안중근 공판 속 기록 기증한 학생 가족들과 환담"

아주경제(2023.10.26.), "박민식 보훈장관 '안중근 의사 봉환 위해 중·일·러와 긴밀 협력'"

연합뉴스(1998.05.09.), "中, 안중근 의사 유해 발굴 협조"

연합뉴스(2008.03.10.), "中 뤼순 안중근 유해 발굴 예정지 훼손 실태"

연합뉴스(2009.10.26.), "안중근 의사 유족 DNA 확보"

연합뉴스(2010.05.19.), "안중근 의사 유해 발굴 추진단 대규모로 구성"

연합뉴스(2011.09.07.), "안중근 의사 유해 발굴 자료 수집단 첫 訪日"

오마이뉴스(2010.03.26.), "안중근 의사 유해 발굴, 북한 빼고 가능합니까?"

이데일리(2023.11.17), '안중근 의사 유해 찾기' 한중일 국제포럼 17일 국민대서 개최

잡포스트(2024.02.14.), "안중근 의사 한·중 민간, 유해 발굴 재외국민이 나선다."

중앙일보(2023.09.06.), "국민대 한국학연구소, 안중근의사찾기 한·중민간상설위원회 설립 현판식 열어"

조선일보(2023.03.06.), "[단독] 北과 안중근 의사 유해 발굴한다던 文정부, 제안조차 안 했다."

중부일보(2024.05.02.), "[와이드 인터뷰] 양기대 더불어민주당 국회의원 '스스로 존재 알리며 평화운동… 위안부 노벨평화상 자격 충분'"

헤럴드경제(2015.01.19.), "보훈처, 안중근 의사 유해 지하 탐지 조사 추진"

헤럴드경제(2015.02.13), "안중근 의사 유해 말로만 찾는다는 국가보훈처"

헤럴드경제(2023.06.15.), "박민식 '3·1절·광복절 보훈부 주관은 비정상의 정상화'"

CBS(2024.03.28.), "순국 114주년 안중근 유해는 어디에…中日 협조는 기대난망"

KBS(2018.08.14.), "문재인 대통령 '남북, 안중근 의사 유해 공동 발굴 추진'"

KBS(2019.03.04.), "갈 길 먼 안중근 유해 발굴…중국 협조가 관건"

KBS(2023.03.26.), "안중근 의사 113주기 추모식…보훈처 '유해 모시도록 최선'"

SBS(2018.08.17.), "안중근 의사 유해 찾기 나선다…매장 추정지에 지표투과 조사 추진"

SBS(2018.10.24.), "[취재파일] 안중근 유해 찾기 키워드 ⑤ – '어렵고 힘들다'는 건 국민도 다 압니다"

YTN(2010.3.25.), "일본에 안중근 의사 자료 공식 요청"

YTN(2015.09.04.), "정부, 7년간 '수수방관'…유해 발굴 해법은?"

공훈전자사료관(e-gonghun.mpva.go.kr)

국가기록원(www.archives.go.kr)

安重根, 고국으로 返葬해 다오

제3장

한국 정부의 안중근 유해 추정
3대 지역 고찰

* 이 글은 저자가 2023년 11월 2일, 주다롄 대한민국 영사 출장소 주관으로 열린 안중근 의사 유해 발굴 세미나에서 발표한 원고를 확대 보완한 것이다.

1. 희망은 어떠한 상황에서도 필요하다

"희망은 어떠한 상황에서도 필요하다. Hope is necessary in every condition" 영국의 시인, 새뮤엘 존슨(Samuel Johnson, 1709~1784)의 명언이다. 중국의 안중근 유해 발굴에 대한 희망의 말을 확인해 본다.

1998년 5월 8일 후진타오(胡錦濤) 당시 중국 국가 부주석은 "그전에는 모르고 있다가 지난번 한국을 방문했을 때 安 의사에 관한 얘기를 처음 들었다." 라고 말했고 유해 발굴에 필요한 관련 자료를 한국 측이 제공해 달라는 말에 협조 의사를 밝혔다는 위계출(魏啓出) 주중(駐中) 문화 위원장의 뉴스가 기사화되었다[1]. 연합뉴스 1998년 5월 9일자 "中, 안중근 의사 유해 발굴 협조"의 기사이다.

중국 국무원의 승인을 받아 1986년 북한 외무성 아시아국 주진극 부국장의 조사단의 안중근 의사 유해 발굴에 협조하였다. 북한은 뤼순일아감옥구지박물관, 관동도독부 지방법원과 뤼순일아감옥구지박물관의 둥산포 옛 감옥 묘지 터를 둘러봤다. 중국은 북측을 위한 대중간담회도 4차례 조직했는데 모두 47명이 참석했다. 당시 간담회 참석자 중에는 80세 이상의 고령자도 있었고, 역사 · 고서적 유물 연구를 하는 전문가 학자도 있었다. 이 또한, 2006년, 2008년으로 이어지는 안중근 의사 유해 발굴의 결과들이다. 이는 자세히 후술한다.

새뮤얼 존슨의 말처럼, 안중근 의사 유해 발굴에 대한 중국 정부의 지난 과

---

1 이세기 국회 방중 위원은, 안중근 유해 발굴에 중국이 협조할 것을 요청했으며, 胡 부주석은 이에 대해 협조 의사를 밝혔다. 문화관광위 소속 여야 의원(미상) 방중(訪中) 사절단을 인솔한 李 원장은 이날 오후 인민대회당 신강(新疆)청에서 胡 부주석과 만나 "1909년 일본의 이토 히로부미(伊藤博文)를 제거한 安 의사의 유해 발굴을 위해 계속 관심 있게 협조해 주길 바란다."라고 말했다. 李 위원장은 또 "중경(重慶)에 있었던 광복군 총사령부 복원에 대한 한국민의 여망이 높다."라며 胡 부주석이 이에 대해서도 관심을 갖고 권병현(權丙鉉) 주중(駐中) 한국 대사와 대병국(戴秉國) 중국 공산당 대외연락부장 간의 관련 자료 지원 등에 협조해 달라고 요청했다.

安重根, 고국으로 返葬해 다오

정은 상당수 진척이 있었다. 그 결과로 한국 정부에서는 3곳(위안바오산, 샤오파오타이산, 둥산포)의 안중근 의사 유해 추정지[2]를 지정하였다. 따라서 관련 지역에 대한 현황, 경과 및 발굴 과정에 대하여 기술하고, 함의를 찾아보는 것이 본 글의 목적이다.

안중근 의사 유해 발굴의 목표를 설정하고 그 목표를 위해 한 걸음씩 천천히 전진할 수 있는 한국 정부와 국민의 태도는 안중근 의사 유해 발굴의 희망을 실현할 수 있다. 사무엘 존슨의 말처럼 희망을 가져야 한다.

2. 한국 정부 안중근 유해 추정 3대 지역

한국 정부에서 확보한 현재 안중근 의사 유해 관련 주요 자료는, 「구금 및 계호」(뤼순감옥, 1910년 2월)에서, 안중근 의사 수감과 관련, 뤼순감옥에서 경계 및 호송에 만전을 기하고 있다는 보고서, 「사형집행명령서」(관동도독부 지방법원, 1910년 3월 24일) 안중근 의사 사형집행 명령, 「사형집행보고」(관동도독부 민정부, 1910년 3월 26일) 안중근 의사 사형집행을 완료하고, 유해를 뤼순에 매장했다는 보고, 「사형집행보고서」(조선통감부, 1910년) 안중근 의사 사형집행 이후 뤼순감옥에서 제작한 침관(寢棺)에 매장되었다는 내용이 기술되어 있다. 이는 향후 발굴 시 안중근 의사 유해 확인에 중요한 참고 자료이다.

「안중근이 사망한 후의 이야기」(성경시보, 1910.3.30.) 안중근 의사 유해, 하얼빈산(産) 소나무관에 안치 후 조촐한 장례, 안중근의 둘째 동생은 안중근 처형 집

---

2 한국 국가 보훈부에서는 3곳을 안중근 유해 매장 지역으로 추정하고 있다. 그러나 사료적으로 입증되지 않았다. 그러나 필자도 현재 다른 사료적 대안과 기타 매장지가 없는 상태에서는 후보지라는 견해를 갖고 있다.

행 이전에 당국을 향해 안의 유해를 한국 원적지에 옮겨 매장할 수 있도록 간절히 요청했다. 이에 당국에서는 부득이 규정을 내세워 사형수의 유해는 감옥이 관리하는 사형수 공동묘지에 매장한다고 답했다. 안중근의 둘째 동생은 곧바로 안중근과 일정한 친분 관계가 있는 전옥(典獄)에게 부탁했다. 전옥은 고심 끝에 둘째 동생에게 파격적으로 하얼빈의 소나무로 만든 관으로 유해를 안치하고 조선 풍속에 따라 백포(흰천)를 씌우도록 허락하여 한국의 풍속을 따를 수 있게 했다. 이는 안중근 의사 유해 발굴에 사료적 가치가 크고, 뤼순감옥 내 공동묘지에 매장했다는 유력한 가설을 뒷받침하는 자료로서 의미가 있다.

한국 정부에서는 공식적으로 안중근 의사 유해 매장지 3곳을 밝혔다. 2019년 1월 14일 KTV 국민방송 '안중근 의사 유해 남북 공동 발굴 추진' 제목으로, 2019년 국가보훈부(당시 국가보훈처) 3·1 운동과 대한민국임시정부 수립의 100주년을 맞이하여 안중근 의사의 유해가 묻힌 곳으로 추정되는 곳을 크게 3군데로 해서 뤼순감옥 묘지와 위안바오산 지역, 중국이 지난 2008년 단독 발굴을 시도했던 뤼순일아감옥구지박물관 부지라고 밝혔다. 이를 현지 뤼순지역으로 풀어보면 뤼순감옥 묘지는 둥산포이고, 위안바오산 지역은 2008년 한중 유해 발굴 지역인 위안바오산, 중국이 2008년에 단독 발굴을 시도했던 뤼순감옥 박물관 부지는 샤오파오타이산 지역이다. 이렇게 위안바오산, 샤오파오타이산, 둥산포 지역을 순서대로 추정지 선정 과정과 현황, 발굴과정, 그리고 결과 등으로 나누어서 서술하고자 한다.

2.1 뤼순일아감옥구지박물관 주변의 묘지 현황

관동도독부감옥서는 현재 뤼순일아감옥구지박물관(다롄시 뤼순구구 샹양가 139호, 이하 뤼순감옥)을 의미한다. 1902년 러시아가 건립 후, 1905년의 러일전쟁 이후로 1907년 11월 일본에 의해 관동도독부감옥서의 명칭으로 운영되었다. 1920년에는 관동청 감옥으로 개명, 1934년 관동형무소, 1939년에는 뤼순형무소로 명칭을 개명하여 운영되다 1945년 8월 22일 소련군에 의해 해체되었다. 안중근 의사가 수감되고 순국한 1909년 11월 3일부터 1910년 3월 26일까지는 관동도독부감옥서의 명칭으로 불렸다.

당시의 뤼순감옥 주변의 환경 변화를 보자. 서쪽 부분에는 관동도독부감옥서로 당시 직원들 숙소가 자리를 잡고 있다. 남쪽 부분과 동쪽 부분은 임야 지대였고, 북쪽 부분은 야채 재배와 후에 뤼순감옥의 벽돌 공장이 건립되었다. 그러면 지금의 뤼순일아감옥구지박물관 주변을 보자. 즉 샹양가와 위안바오가, 덩펑가 등이 뤼순일아감옥구지박물관 주변을 의미한다. 서쪽 부분에는 뤼순 해군의 통신부대가 당시 직원 숙소를 증·개축하여 사용하고 하오이자(好益家 저가형 할인점) 상가와 6층의 저층 아파트(元宝园), 유치원, 그리고 뒤쪽으로 변전소와 배 과수원이 들어서 있다. 남쪽 부분은 현재 다량의 아파트(고층 君悦天下)와 해군부대, 주유소 그리고 식당과 현재 새로운 가구백화점이 건립되어 들어서 있다. 북쪽에는 뤼순일아감옥구지박물관과 붙어서 약품회사 창고(1944년 이후 공공묘지), 뤼순일아감옥구지박물관 뒤에 거주하는 거주자 이충인은 "해방 이후 2년간 나는 감옥 북면 철망 외에 도랑의 남쪽 땅을 팠다가 해방 이전 감옥에서 죽은 죄인 시체 10구를 발견했다."라고 증언하였다.

뤼순 인쇄회사가 있고, 바로 뒤에 힐원(Hill-One)아파트(2008년 한중 안중근 의사 유해 발굴지역)가 있다. 그 뒤로 위안바오산이 있으며, 힐원아파트를 왼쪽에 두고 원보가를 올라가면 예전에 양곡을 보관하던 마을과 서민 주택, 그리고 과수원(1944년 이후 공공묘지 터, 2012년 판마오충 주장에 따르면, 판마오충이 1944년에 실제 방문했다는 주민을 통해서 전해 들음), 주민들 민가가 산재해 있고, 그 뒤로 둥지관산(東雞冠山)과 군부대 탄약고가 자리하고 있다. 뤼순시민들이 등산로로 이용하기도 한다.

[사진] 뤼순일아감옥구지박물관 주변 현황

　동쪽 부분에는 현재 아파트(万宝家园, 庭林熙谷, 林山逸景)들이 서 있고, 지금
도 신축 중이며, 폐품회사와 식당이 들어서 있다. 동쪽으로 약 700미터 간 지
점에 대규모의 예전 뤼순 인쇄공장을 허물고 만든 6층의 저층 샹양자위안(向
阳家园) 아파트도 자리하고 있다. 뤼순감옥으로부터 약 1.2킬로미터 정도 떨
어진 눠웨이선린(挪威森林)의 아파트는 2005년에 지어졌는데, 그 바로 뒤에
2001년 다롄시 문물관리 위원회로부터 지정되고 1971년 10월에 뤼순일아감
옥구지박물관에서 문물로 등재된 뤼순감옥 공공묘지가 있다. 샹양자위안(向
阳家园)과 눠웨이선린(挪威森林)의 아파트 부지도 예전에 모두 뤼순 시민들의
묘지로 사용된 황무지였다. 그래서 뤼순감옥 공공묘지를 둥산포(东山坡), 또
는 마잉허우(马营后, 일부 뤼순중학교 뒤를 시작으로 덩펑가를 포함), 랑워(狼窝,
즉 늑대굴) 등으로 뤼순 시민들은 부르고 있다.

　　　　　　　　　　　　　安重根, 고국으로 返葬해 다오

2.2 위안바오산(元寶山)

위안바오산의 안중근 의사 매장 추정지에 대한 근거는, 안중근 연구에 저명한 한국학 연구원장이신 최서면의 〈安重根の墓:안중근의 묘〉(2001년)에서 근거한다. 이는 도쿄 한국학 연구원에서 안중근의사묘지추정위원회(安重根義士墓城推定委員會)라는 형태로 발간하였다. 묘지추정위원회의 기록을 보면 다음과 같다.[3]

2.2.1 추정지 선정 과정

추정지 선정 과정은 〈安重根の墓:안중근의 묘〉(2001년)에 기술된 묘역 추정 과정과 원문을 기록의 중요성을 밝히기 위하여 그대로 인용하여 기술한다.

도쿄의 신문을 통해 도쿄 한국연구원이 안중근 연구에 힘쓰고 있음을 알게 된 뤼순감옥 형무소장 구리하라 사다키치의 셋째 딸 이마이 후사코가 1976년 7월에 최서면 원장을 방문했을 때의 일이었다. 구리하라 형무소장은 뤼순감옥의 관사에 살고 있었지만 셋째 딸 후사코도 그곳에서 초등학교 시절을 보냈으며 안중근이 재옥했을 무렵의 사정과 주변 사정을 기억하고 있었는데, 그 가운데 구리하라 형무소장이 가졌던 안중근에 대한 관점을 들을 수 있었다. 구리하라는 안중근의 사형에 대해 "아까운 사람을 잃었다."라면서 그 죽음을 안타까워하며 당시 사형수는 모두 하야사카통(早坂桶, 나무로 만든 술통)처럼 생긴 나무통의 좌관(座棺)을 사용했지만, 안중근에게는 형무소 안에서 특히 한국 전통을 따른 침관(寢棺)을 만들게 해서 안중근의 영혼에 대한 예를 다 했던 것이다. 또한 사형에 앞서 안중근이 한국 전통복을 입고 죽음에 임하고 싶다는 희망도 이룰 수 있도록 남동생들에게 그 차입을 허락한 것도 구리하라 형무소장이었다. 이때 "저의 친정(본가)에는 안중근 의사의

---

3 최서면(崔書勉), 〈安重根の墓:안중근의 묘〉, 2001년

유품도 기념이 될 만한 것이 없어서 아쉬워요."라고 하면서 안중근 의사의 묘가 있는 수인 묘지 사진과 묘를 뒤로하며 묘지에서 내려다본 형무소 뒷배경 사진 두 장을 기증했다. 언젠가 일본인도 한국인도 자유롭게 뤼순에 갈 수 있는 날에 안중근 의사를 성묘할 때 참고하라는 것이었다. 그 두 장의 사진은 바로 안중근의 묘 위치를 표시하는 중요한 자료였다.

1911년 뤼순감옥이 안중근의 묘가 있는 수인 묘지에서 개최한 재감사자 추조회 사진이 있었다. 당시 일본 정부 사법청은 혼간지(本願寺) 파의 승려에게 감옥에서 수인을 교회할 것을 부탁했으며, 많은 승려가 교회사로 이에 종사했다. 불교 논리에 근거해 교회사는 감옥 내 사망자와 사형수에 대해 추도 법회를 하도록 하여 1908년부터 재감사자 추조회를 열었다.

이 방침에 따라 뤼순에서도 1908년 10월 3일부터 1913년 2월 6일까지는 진종(眞宗) 본파 혼간지의 승려 나가오카 가쿠세이(長岡覺性)가 감옥의 촉탁 교회사를 맡고 있었지만, 이 사진은 정확하게 1911년 승려들과 감옥 당국자를 중심으로 행한 재감자 추조회의 뤼순감옥 묘지와 참가자를 표시하고 있다. 이마이 후사코는 이 사진 속에 있는 안중근 묘에 화살표를 쳐준 것이다.

안중근의 묘역이 있었던 장소를 추정하는 데에 큰 단서를 준 것이 이마이 후사코가 제공한 두 사진이었다. 한 장은 1911년에 있었던 안중근의 묘를 포함한 수인 묘지의 사진이며, 다른 한 장은 수인 묘지에서 내려다본 감옥 후경(後景)이었다. 이는 감옥 주변 지형 가운데 묘지의 지점을 찾을 수 있는 실마리를 주는 것이었다.

安重根, 고국으로 返葬해 다오

I. 제 추정위치

O 관련사진

- 추모법회 기념사진(사진 2)

- 묘지에서 내려다 본 감옥 전경사진(사진 3)

[사진] 이마이 후사코가 제공한 사진 두 장(자료 제공 왕전런)

在監死者追弔会
1 9 1 1 年　於旅順監獄墓地

[사진] 재감사자 추조회, 1911년

　　추정위원회 위원은 여러 번 현지에 출장하여 이 사진을 중심으로 감옥의 옛 후문을 기점으로 뒷산이라고 상정(想定)되는 곳을 답사했다. 그리고 묘지로 추정되는 지점을 골라 후문과 묘지와의 위치 관계를 표시하며 사진과 조회해서 묘지의 사진 뒤에 찍힌 산 지형과 비교하는 작업을 했다.

[사진] 2008년 한중 안중근 유해 발굴 계기 사진
뤼순감옥 소장 딸 이마이 후사코가 소장한 사진, 화살표 위치를 안중근 의사 매장지 추정 주장

　　　　　　　　　　　　　　　　　　　　安重根, 고국으로 返葬해 다오

감옥의 담 바깥은 경사도가 완만하지 않은 산이 있고 그 중간쯤에는 평지가 있다. 그 위에 경사도가 가파른 산이 있었기 때문에 이마이 후사코가 제공한 사진과 일치하는 지점에서 감옥을 봤을 때 완전히 두 번째 사진과 일치했다.

보다 과학적인 조사의 필요성을 인정하여 제1차 조사단의 답사 기록을 바탕으로 에이코(榮光)그래픽사와 고쿠사이(國際)마이크로 사진공업사의 기술 협조를 얻어 1910년 당시 중·일 지도를 중심으로 추정 작업을 하면서 묘역 추정을 위한 주변 등고선(等高線)을 표시하는 지도와의 대비 작업도 진행됐다.

청일전쟁 지도, 뤼순형무소 근처를 디지털 데이터화(래스터 데이터) 하며 래스터 데이터의 등고선을 3D·CAD 변환해 형무소 근처 언덕의 입체화를 시도한 것이다.

2000년 1월 28일부터 1월 30일까지 그 결과를 기다리며 제2차 조사단이 다시 뤼순에서 조사했다. 제2차 조사단의 기술적 성과로 도쿄에서 몇 달 동안 검토한 후 제3차 현지조사단이 2000년 4월 22일부터 24일까지 뤼순을 방문해 현지에서 GPS를 사용해 화살표 지점으로 추정되는 위치의 위도와 경도를 산출할 수 있었으며, 거의 안중근 의사가 매장된 당시 수인 묘지와 일치하는 지점을 추정할 수 있었다. 정확히 1911년의 수감자 위령 행사의 뒷산 사진과 감옥 후경의 사진이 일치하는 지점을 관측했다.

뒷산과 일치하는 곳에는 다행히 중국 금제 구역이어서 건축물 한 동과 과수나무가 있을 뿐, 적어도 꽤 많은 폐묘(廢墓)가 남아 있는 것으로 확증됐다. 또한 뤼순의 재감사자 추조회 사진에 찍힌 작은 집회소 건물 기와로 보이는 파편 2점을 수납할 수도 있었다.

2.2.2 현황

위안바오산은 1902년 뤼순감옥이 생기기 전에는 뤼순성(뤼순을 감싸고 있는 성벽) 동북 쪽 방향에 위치했었으나, 러시아에 의해서 뤼순감옥이 뤼순 시내에 건립되어 현재 위치로 이전 확장되었다. 시내에서 비교적 멀리 떨어진 곳이다. 뤼순일아감옥구지박물관의 뒤쪽 북쪽 산을 의미한다. 정확히 말하면 뤼순감옥 제1공장 전시장에 감옥 경계가 있다. 너머에 현재 석물을 만드는 공장이 있고, 심양 북구 해군 통신병 부대와 힐원아파트가 들어서 있다. 뤼순일아감옥구지박물관이 감옥으로 운영됐던 시기에 통신병 부대는 교도관 숙소였고, 힐원아파트는 벽돌을 굽던 가마와 채소밭이었다.

위안바오산은 통신병 부대와 힐원아파트를 포함하여 힐원아파트 뒤쪽 산을 의미한다. 더 넓게는 과수원도 있고, 계곡도 있다. 2006년에는 위안바오산 앞쪽(발굴 지역)은 양을 키웠던 초지지역이었다. 그 후 2007년 말부터 2008년 초에 뤼순지역 아파트 건설사가 부지 기초를 조성하면서 급격히 안중근 의사 유해 발굴이 이루어진 곳이다. 면적은, 힐원아파트는 대략 3,000 평방미터 정도 되고, 통신병 부대는 부대 내에 위치에 있어 확인이 불가하나 규모가 그다지 크지 않다. 통신병 부대 내부는 발굴되지 못했다.

[사진] 2008년 안중근 의사 유해 발굴 후 들어선 힐원아파트

安重根, 고국으로 返葬해 다오

2.2.3 발굴 과정

위안바오산 발굴 과정은 제1차와 제2차로 나뉜다. 1차는 2006년 남북한과 중국이 참여하였다. 뤼순지역 4곳에 걸쳐 안중근 의사 매장지로 보고 조사하였다.

당시 뤼순감옥일아감옥구지박물관 자료에 의하면, 화원구이 관장, 왕전런, 저우샹링을 중심으로, 2006년 6월 8일 뤼순일아감옥구지박물관에서 제일 먼저 뤼순감옥 공공묘지의 현장과 면적, 매장 상황 등에 대하여 소개하였다. 그리고 6월 9일 오전에는 뤼순 리신가(力新街)와 신카이로(新开路) 사이의 북위 38, 49, 3과 동경 121, 15, 43분 지역을 소개하였다. 한국 측에 제시한 방위에 근거한, 이곳은 1940년대 말에 지어진 민간 주택으로서 한국에서 제공한 사진상의 지형과는 다름을 소개하였다. 6월 9일 오후에는 뤼순일아감옥구지박물관의 북쪽 뒷산으로 벽돌 공장과 그리 멀리 떨어지지 않은 곳을 소개하였다. 이곳은 암석층으로서 묘지를 쓴 흔적이 없었다. 6월 10일 오후에는 뤼순일아감옥구지박물관의 북쪽 뒷산 고압선 지역의 원형 면적을 조사하였다. 이곳을 보고 한국 측에서는, 구리하라의 딸 이와이 마사코가 제공하고 최서면 선생이 제안한 사진의 경사와 유사하다고 보았다. 그리고는 6월 10일 업무를 종결하였는데, 이마이 후사코(今井房子)가 제공한 사진을 근거로 위안바오산을 최종지역으로 결정하였다.

그 후 2008년 1차(2008년 3월 25일~4월 2일)와 2차(2008년 4월 10일~4월 29일)에 걸쳐 18명의 한 · 중 안중근 의사 유해발굴단이 진행되었다. 당시 조사에 한국 측은 14명(충북대학교 유해 발굴센터 9명, 한국지질자원연구원 5명), 중국 측은 4명(뤼순감옥 2명, 민간 연구가 1명, 사학교수 1명)이 참여했다. 발굴조사 결과, 안중근 의사의 유해는 발견하지 못했다. 이 기록은 〈안중근 의사 유해 발굴 보고서〉 형태로 기록되어 있다.[4]

---

4 안중근 의사 한 · 중 유해발굴단, 「안중근 의사 유해 발굴 보고서」, 2008년

[사진] 한·중 안중근 의사 유해 발굴 현장

기록에 의하면, 2008년 3월 25일부터 4월 2일까지 1차 현장 조사를 하였고, 2008년 4월 10일부터 4월 29일까지 제2차 정밀탐사 장비 투입 조사를 실시하였다. 안중근 의사의 유해가 매장되어 있을 것으로 추정되는 뤼순일아감옥구지박물관 뒷산 일대를 발굴조사하였으나 그곳에서는 깨진 그릇 몇 점만이 발굴되었을 뿐, 사람의 유골은 나오지 않아 결국 실패로 돌아가고 말았다. 결과적으로는 생활 도자기와 일부 금속 물체, 당시 야채를 보관한 곳으로 추정되는 창고, 원통형 유구 등이 발견되었다.

2.2.4 결과

2006년과 2008년에 걸친 위안바오산은 안중근 의사 유해를 찾지 못했다. 힐원아파트는 현재 4층짜리 건물과 15층짜리 건물이 들어선 터라, 추후 발굴이 근본적으로 불가하다. 더구나 통신부대 내 부분은 아직 발굴되고 있지 않다. 2008년 〈안중근 의사 유해 발굴 보고서〉에 의하면, 안중근 의사 유해가 기상 상황으로 유실되었을 가능성이 있다고 기록했다. 더불어 통신부대 내 발굴을 피력하고 있다.

[사진] 뤼순감옥에서 바로 본 2008년 발굴 현장 힐원아파트

그러나, 2008년 5월 28일 뤼순일아감옥구지박물관 전 왕전런 부관장이 〈뤼순일아감옥구지박물관 안중근 매장지 조사 작업에 대한 소결〉에서 다롄시 문화국에 밝힌 내용을 보면 당시 발굴 과정에 중국 측 의견과 다름을 알 수 있다.[5] 중국 뤼순일아감옥구지박물관에서는 부정적 의견을 피력하고 있다. 그 기록을 보면 다음과 같다.

2006년 8월, 관련 부서의 동의하에 남북이 공동으로 뤼순에 찾아와서 안중근의 유해 매장지를 탐방 조사했다. 그러던 중 한국 유명 학자인 최서면 선생이 제공한 1911년 3월 감옥 직원들이 안중근의 제사를 지내는 사진 한 장을 토대로 현 감옥구

---

5 뤼순일아감옥구지박물관

지 북동쪽 샤오둥산(小東山)이 안중근 유해 매장지로 확인됐다.

2008년 초, 지방정부 개발계획의 영향으로 한국 측은 이 장소를 올해 3~4월 전격적으로 발굴했지만, 별다른 소득이 없었다. 중국 측이 2006년 장소를 확인할 때의 의견대로, 지형 지모나 당시의 역사적 민가 환경, 그리고 사람들의 민속관습 등을 살펴봐도 안중근 매장지일 수가 없다는 내용을 뒷받침하는 결과였다. 따라서 이번 발굴의 실패도 중국 측은 예상한 바이다.[6]

또 동일한 논문에서 왕전런 부관장은 다른 부정적 의견을 피력한 기록도 있다.

랴오닝성 외사업무청은 뤼순시 외사업무처와 뤼순일아감옥구지박물관으로 하여금 책임지고 전문적인 측정 인원을 초청하여 과학적인 실험을 하게 했다. 하지만 어떤 이유에서인지 측정 위치와 한국 쪽에서 제공한 역사 사진 중의 산 경사 환경에 큰 차이가 나타났다.

2006년 6월 7일부터 10일까지 북한과 한국이 같이 하나의 공동단체를 조직하고 중국 외교부의 허가를 받아서 최서면이 제출했던 위치에 실제 고찰을 했다. 의심되는 곳은 모두 4곳이 있었는데 마지막으로 역사 사진 즉, 1911년에 안중근 순난 1주년 제사 사진에 따라 감옥구지 가마장 북쪽과 현지 군대 어느 부서에 속하는 병원 벽 밖에 있는 빈 터가 매장지였다고 확정됐다. 의심이 가는 부분은, 북한과 한국 양쪽 모두 이번 조사에서 경위도의 확정 문제는 완전히 내팽개쳤다는 것이다(拋開了). 참석한 중국 연구원은 양쪽과 다른 의견을 제안했는데 받아들여지지 않았다.

더 나아가 왕전런 부관장은 당시 한국 학자들의 안중근 유해 발굴의 성급한 성과주의를 비평하며, 과학적이고 공정하며 신중한 자세를 요구한다고 기술하였다.

---

6 韩方此次发掘的这一结果也印证了中方在2006年确认地点时的意见，即不论是从地形地貌，以及当时的历史民居环境，人们的民俗习惯等方面考察，该地点都不具备是安重根埋葬地的可能。因此这次发掘的失败也是中方所预料到的。在此次发掘后。

　　　　　　　　　　　安重根, 고국으로 返葬해 다오

2.3 샤오파오타이산(小炮台山)

2.3.1 추정지 선정 과정

2008년 4월 한중유해발굴단 조사가 끝나고 2008년 5월부터 주변인의 조선인 분묘가 있다는 제보를 기초로 하였다. 본 제보는 뤼순일아감옥구지박물관의 주차장 운영 경영자인 류완리의 제보로부터, 제6차에 걸친 뤼순일아감옥구지박물관 당시 화원구이 관장 면담으로 이루어졌다.

제1차 면담 기록에 의하면, 2008년 5월 주차장에서 당직을 맡은 왕 선생(왕전런)은 화원구이 관장에게 다음 내용을 알려주었다.

'어제 류완리의 옛 친구(장쉐에차이)가 그에게 전날 한국 사람들이 감옥에 와서 유해를 발굴하는 일에 관해 물어봤는데, 옛 친구는 좀 아는 게 있다고 했다. 그 친구의 외할머니 집 땅에 어떤 조선 사람의 묘지가 있다고 했고, 그 묘지는 바로 한국 사람들이 찾고 있는 묘지일 수도 있다.'라고 했다. 이 정보는 매우 중요한 것이라서 즉시 왕 선생(왕전런)은 류완리의 친구를 오라고 했다. 그리고 직접 그에게 물어보고 조사를 했다. 이 조사를 통하여, 그의 친구가 10살 때, 외할머니가 그에게 자기 집 땅(바로 그의 외할아버지의 묘지 옆)에 조선 사람의 묘지가 있으니, 앞으로 제사를 지낼 때 그분에게도 제사를 같이 지내라 했다고 했다.

"저(화원구이)는 몇 년 동안 감옥구지박물관 직원들과의 왕래로 인하여 안중근 의사의 영웅 행위를 어느 정도 알고 있었다. 그래서 이분(장쉐에차이)의 말씀이 정확한지 직접 현장에 가 봐야 한다고 생각했고 이분을 따라 현장에 가 보니까, 이 정보는 아주 중요해서 그냥 두면 안 되겠다고 생각해 박물관의 기전복 선생과 함께 한 번 더 현장에 가 봤다. 더 정확히 현장 상황을 파악하기 위하여 딸의 카메라로 다른 각도에서 사진을 찍으라고 했는데, 그 사진은 현상 인화하는 중이다. 이 사정의 중요성을 알기 때문에 그 어르신에게는 남에게 언급하지 말라고 했고, 나머지는 제가 따로 연락하기로 약속했다."

제2차 증언에서 류완리는 증언자인 장쉐에차이를 대동하고 면담하였다. 그 내용은 다음과 같다.

2008년 5월 19일 오후 15시, 장쉐에차이(張学才, 뤼순 샹양가 3항 41번지)는 화원구이 관장과 왕전런, 사무실 기전복 주임과 같이 증언을 청취했다.

질문: 어르신 이 근처에 조선 사람의 묘지가 있다는 것을 아십니까?

대답: 네. 바로 우리 집 앞 땅에 있습니다. 당시 이 땅은 외할아버지 마씨 집의 땅이라서 총 13무로 이 땅을 묘지로 쓰기 위해 산 것입니다. 마씨 집 장남의 묘지가 바로 여기에 있습니다. 그 후, 외할아버지와 외할머니의 묘지도 여기에 있습니다. 1954년 제가 16살 때, 외할머니는 앞으로 외할아버지께 제사를 지낼 때 그 옆에 있는 조선 사람께도 제사를 지내라고 했습니다. 때문에, 여기에 조선 사람의 묘지가 있다는 것을 알게 되었습니다. 1956년 우리나라(중국)는 농업 협조화 활동을 전개하면서 저는 이 땅으로 협조사에 가입했습니다. 그 후 조선 사람의 묘지가 있는 땅에서 농사를 지었고, 위안바오방 생산대의 대장을 맡게 되었습니다.

질문: 과거에 여기는 과수원이 있었나요?

대답: 옛날에 바로 이 땅 앞이 과수원이었습니다.

[사진] 뤼순일아감옥구지박물관 단독 발굴 전 묘소

安重根, 고국으로 返葬해 다오

2008년 5월 22일 오전 9시, 뤼순일아감옥구지박물관 화원구이, 왕전런, 기전복과 당사자 장쉐에차이의 면담 조사에서 다음과 같은 내용이 나왔다.

'1954년 장쉐에차이 16세에 외할머니(당시 50세)가 외할아버지의 묘지 앞에 4, 5미터 멀리 떨어진 묘지를 가리키며, 저 묘지가 조선 사람의 묘지라고 했었다. 묘지에는 특별한 표지 없이, 자연적인 큰 돌이 있었고 돌에는 아무 글자도 없었다. 현장에는 봉분도 없이 평평한 형태였다.'

위 내용을 기반으로 총 제7차에 걸친 면담과 현장 조사가 있었다. 제6차 조사에는 다롄대학 류빙후 교수도 참여하여, 고려인 묘지라는 장쉐에차이의 증언을 소개했다. 이 면담과 현장 기록을 증거로 뤼순일아감옥구지박물관은 다롄시 문화국에 발굴 신청 보고서를 작성하고 발굴하였다. '2008년 5월 30일 〈뤼순일아감옥구지박물관의 안중근 의사 매장 지점 조사 업무에 대한 보고서〉에서 다음 내용과 같이 공문을 작성하여 보고하였다.

최근 몇 년간 뤼순일아감옥구지박물관은 작업계획에 의해 현장 조사에서 새로운 단서를 파악했다. 즉, 감옥구지 서북쪽의 샤오파오타이산 일대에 조선인 묘지 하나가 있다는 것이다. 현장 조사를 통해서 여기의 산형 지모와 원래 유적들이 최서면이 제출한 역사 사진과 비슷하다는 것을 확인했다. 이는 또한 이 사진이 가짜가 아니라 믿을 만하다는 것을 검증했다. 자세한 비교와 분석을 한 후에, 샤오파오타이산에 있는 조선인의 묘지가 바로 안중근의 매장지일 가능성이 있음을 알 수 있다.

그리고 2008년 7월 7일 〈뤼순일아감옥구지의 묘지 의심지 긴급 발굴에 대한 요청, 关于对旅顺日俄监狱旧址疑似墓地进行抢救性发掘的请示〉[7] 보고

---

7 旅顺日俄监狱旧址博物馆·大连市近代史研究所(2012), 《旅顺日俄监狱旧址博物馆年鉴(2006－2011)》, 旅顺日俄监狱旧址博物馆

서에서 다음과 같이 보고하고 발굴 준비를 완료하였다.

샤오파오타이산 일대가 관련 부서의 개발계획에 포함되었으니 뤼순감옥구지 묘지의 수량과 구체적인 위치, 그리고 깊은 내포 의미를 더욱 정확하게 파악하기 위해 다롄시 문화재처와 공동으로 의사 묘지에 대해 1차 긴급적 발굴을 진행하여 정확한 판단을 내리고 향후 문화재 보존을 위한 근거를 마련하도록 제의했다.

1차 발굴 중 엄숙하고 진지한 태도에 입각하여 과학적 작업 방법을 취하며, 소규모의 작업을 실시하여 홍보하지 않으며, 발굴이 끝난 후에 구체적인 문서 자료를 작성해 주관 부서에 보고하여 조사 대상에 대비할 것이다.

[사진] 샤오파오타이산. 제보자 장쉐에차이와 뤼순일아감옥구지박물관 화원구이 관장 묘지 조사

　　　　　　　　　　　　　　　　安重根, 고국으로 返葬해 다오

2.3.2 현황

샤오파오타이산은 뤼순일아감옥구지박물관에서 북서쪽에 위치하였다. 거리상으로는 2킬로미터 정도 된다. 샤오파오타이산 발굴 지역 현재 뤼순 시내에서 가장 큰 교회인 덩펑가의 왼쪽 상단 부분에 교회가 자리하고 있다. 옆에는 기와를 굽는 공장이 있고 과수원과 옥수수밭이 주변에 있다. 샤오파이타이산에는 뤼순 일반인의 묘지가 즐비하다. 샤오파오타이산 발굴지로 가는 길에는 작은 마을이 있고, 마을 중간을 끼고 가다 보면 커다란 흙산이 나온다. 흑산은 뤼순일아감옥구지박물관 서쪽 편에 위치한 반다오인샹 아파트를 준공하면서 나온 흙을 가져다 놓은 것이다. 그 흙산 아래에 샤오파오타이산 발굴지가 거대한 흙으로 덮여 있다. 왕전런 부관장의 기록에 의하면, 위치는 북위 38도 49분 3초, 동경 121도 15분 43초로 기록하고 있다.

[사진] 샤오파오타이산 앞 덩펑가 교회와 반다오인샹 흙무덤, 흙무덤이 샤오파오타이산

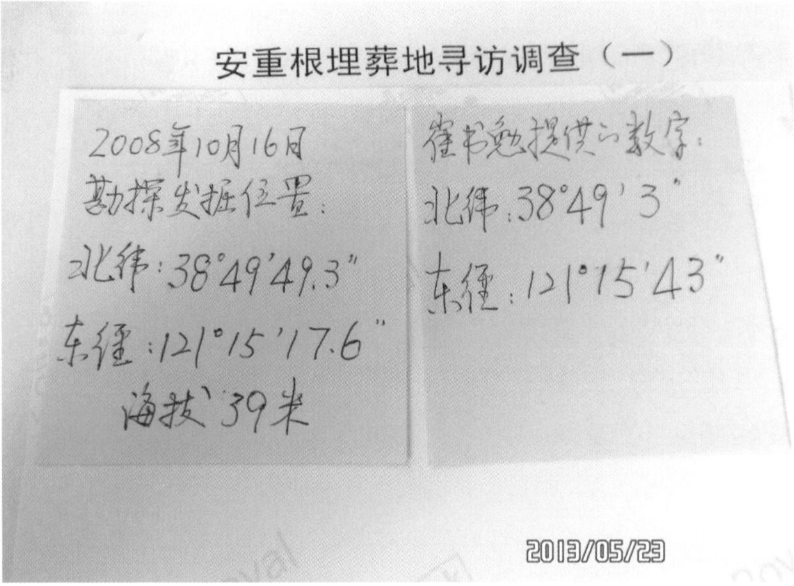

安重根埋葬地寻访调查（一）

2008年10月16日
勘探尖桩位置:
北纬:38°49'49.3"
东经:121°15'17.6"
海拔:39米

崔书勉提供的数字:
北纬:38°49'3"
东经:121°15'43"

2013/05/23

[사진] 뤼순일아감옥구지박물관 단독 발굴 현장 좌표

2.3.3 발굴 과정

2008년 한중 안중근 의사 유해 발굴 이후에 뤼순일아감옥구지박물관 단독
으로 다롄시 문화국에 신청하여 정식 절차를 거쳐 뤼순감옥 서쪽 덩펑가에
교회 앞 기와 공장과 반다오인샹 아파트 신축부지의 과수원 주변에 대하여
단독으로 발굴하였다.

2008년 10월 16일 새벽에 왕전런 부관장을 중심으로 발굴팀은 제사를 모
셨다. 그리고 발굴하여 땅속 깊이까지 팠지만, 생토만 나왔다. 결과적으로 안
중근 유해에 관련된 아무런 단서도 찾지 못했다.

[사진] 뤼순일아감옥구지박물관 단독 발굴 후 현장 모습

2.3.4 결과

샤오파오타이산 발굴은, 이미 발굴이 이루어진 곳이다. 또한 거대한 흙산 아래 위치하여 다시 발굴할 수 없는 지역이다. 그러나 안중근 의사 유해 발굴에 대한 뤼순일아감옥구지박물관과 다롄시, 중국에서 관심을 가지고 단독으로 진행했다는 사실이 중요하다. 또한, 안중근 의사 유해 발굴에 대한 뤼순감옥의 입장도 알 수 있었다. 비 문화재 지역에 대한 향후 안중근 의사 유해 발굴을 위한 절차 시 필요한 내용을 확인할 수 있는 기록이다. 즉 문화재 보호 구역을 제외하고는 뤼순일아감옥구지박물관에서 다롄시 상관 부문의 비준만으로도 자체 발굴을 할 수 있다는 경험을 제공해 주었다.

2.4 둥산포(東山坡)

뤼순일아감옥구지박물관(다롄시 뤼순구구 샹양가 139호)에서 동쪽으로 약 700미터 간 지점에 대규모의 예전 뤼순 인쇄공장을 허물고 만든 6층의 저층 샹양자위안 아파트가 위치하고 있다. 뤼순일아감옥구지박물관으로부터 약 1.2킬로미터 정도 떨어진 뉘웨이선린의 아파트가 2005년에 지어졌으며, 그 바로 뒤에 2001년 다롄시 문물관리 위원회로부터 지정되고 1971년 10월에 뤼순일아감옥구지박물관에서 문물로 등재된 뤼순감옥 공공묘지가 있다. 샹양자위안과 뉘웨이선린의 아파트 부지도 예전에 모두 뤼순 시민들의 묘지로 사용된 황무지였다. 뤼순 시민들은 여전히 뤼순감옥 공공묘지를 둥산포 또는 마잉허우, 랑워로 부르고 있다.

2.4.1 추정지 선정 과정

1906년부터 1942년까지 활용한 둥산포를 어떻게 뤼순감옥이라고 지정하였을까? 둥산포는 1965년과 1971년 두 번에 걸쳐 발굴된 경험이 있었다. 1965년 뤼순구 선전부에서는 '사회주의 교육전람'을 전시하기 위하여, 뤼순 마잉허우에서 사정을 잘 아는 황(黃) 씨를 통해 인지하고 발굴하였다. 당시 황 씨는 60~70대였다. 황 씨는 사회주의 교육전람 준비위원회와 함께 마잉허우의 산언덕에 가서 황무지를 가리키며 "여기가 바로 원래의 뤼순감옥 묘지이다."라고 했다. 지면에서 보면 묘지도 없고 묘비도 없어 단지 하나의 황무지일 뿐, 작은 복숭아나무 그루가 있었다.

황 씨의 진술에 의하면, 해방 전 여기에 배열된 수많은 토분이 바로 무덤이었다고 했다. 1948년 해방 후, 국민당은 뤼순지역을 봉쇄하여 생산 증산 운동을 독려했다. 그리고 마잉허우에 거주하는 주민들을 시켜 산에 올라가서 지면에 있는 토분을 평평하게 깎은 뒤, 아래에 있는 유골 통을 건드리지 않고 고구마를 심었다고 했다.

安重根, 고국으로 返葬해 다오

1965년 초, 3월에 뤼순구위선전부 '사회주의 교육전람'에서 원래 감옥 묘지 시체 통을 몇 구 파내 전람관에 진열하였다. 뤼순감옥 초대 관장 저우샹링에 의하면 뤼순감옥 묘지(둥산포) 중간부터 파내기 시작했다. 파낸 지 얼마 안 되어 말굽을 발견했는데, 자세히 확인해 보니 그것은 사람의 아래턱이었다고 했다. 지하 40cm까지 파낼 때 썩어 버린 시체 통의 꼭대기를 발견하고 나서 주변으로 흙을 정리했고 유골통 외의 모든 흙은 완전히 정리해 버렸다. 길이 5미터 안 되는 도랑 안에서 유골통 6구를 파냈다. 썩은 나무통은 이미 완전하지 못했고, 원래 나무통 주변을 감싸고 있는 세 개의 강철 띠는 이미 부식되었지만, 전체 모습은 뚜렷하게 흔적을 볼 수 있었다.

사진을 찍은 후, 그중 시체 두 구를 구덩이에서 전람관으로 옮겨 복원한 후 진열했다. 그리고 남은 유골통은 다시 매장했다. 그때 발굴 현장에서 유골통 안에 커피색의 약병을 우연히 발견했다. 이 병의 코르크 마개는 초로 밀봉되어 있었는데, 안에서 먹물로 죽은 자의 이름을 쓴 종이가 나왔다. 이는 발굴 과정에서 발견한 유일한 부장품이지만, 시간이 오래되어 종이가 썩기 때문에 대부분 이미 빈 병이 되어 있었다. 두 번째 뤼순감옥 묘지 발굴이었다.

[사진] 1971년 둥산포 발굴 현장 유골통 모습

1971년 3월에 재발굴이 있었다. 1971년 7월 뤼순일아감옥구지박물관을 개관하기 위한 발굴이었다. 뤼순감옥의 묘지는 뤼순감옥 안에 12개의 유골통을 발굴하여 원래 감옥 15공장실로 옮기고 한 구의 유골을 현 사형장에 설치하였다.

이러한 근거 즉, 1965년 1971년의 둥산포 즉 마잉허우 발굴과 주변 거주자들의 일치된 증언, 그리고 주변에 개발된 곳에 다량의 유골이 발견되었다고 신고된 경우가 없기에, 뤼순감옥 공동묘지로 공식 지정하였다.

연도별	일본인	조선인	중국인	계
1906			16	16(여(女) 1)
1907			25	25(여(女) 1)
1908	3		19	22(여(女) 1)
1909			1	1
1910	1	1	7	9
1911				
1912			1	1
1913				
1914			1	1
1915			1	

※ 1906년 감옥 개소 후 10년간 사형 집행자는 총 60명 정도임. 그중 1910년도의 유일한 조선인이 안중근 의사임.

1936년 관동형무소(뤼순감옥)의 형무 요람에 의하면, 1906년부터 1936년까지 한 30년 동안 감옥에서 사형으로 죽은 자가 총 144명이고, 병에 걸려 죽은 자가 총 415명으로 기록되어 있다. 그중 대부분은 중국 사람이고, 소수 조선 사람과 일본 사람도 포함되었다. 뤼순일아감옥구지박물관에서 2003년 편찬한 ≪뤼순일러감옥실록≫에 따르면, 1910년에 조선인 한 명이 사형된 것으로 기록되어 있다. 이는 안중근 의사라고 일반적으로 받아들이고 있다.

조사에 따라 시체는 주로 둥산포에 매장하게 되었는데, 일부 시체는 일본 뤼순의학전문학교 시체저장실로 옮겨가서 학생 해부 시험용으로 제공되기도 하였다. 대부분 이곳 둥산포에 매장하였다. 이곳은 2001년 1월에 다롄시 문물관리위원회가 '뤼순감옥구지 옛터 묘지'라는 비석을 설치하고 '전국 중점 문물 보호기관'으로 지정하였다. 이는 뤼순일아감옥구지박물관에서 현재 공식적으로 인정하고 있다. 대략 면적은 1,998 평방미터 정도로서 300여 명 정도를 매장할 수 있는 규모에 이른다. 둥산포는 뤼순일아감옥구지박물관 정문을 나와 왼쪽으로 샹양가를 올라가다 보면 1.2킬로미터 지점에 위치한 샹양자위안 아파트 바로 뒤편이며 뉘웨이선린 아파트 뒤편이다.

[사진] 뤼순감옥구지 옛터 묘지 표지석

2.4.2 현황

둥산포의 면적과 배치를 살펴보자. 1907년 10월 20일부터 정식으로 쓰기 시작하였다. 뤼순일아감옥구지박물관의 동쪽 약 1킬로미터에 황야 3무를 묘지로 썼다. 그리하여 뤼순일아감옥구지박물관은 둥산포의 공동묘지를 관리 보호하고 있다. 매년 4월 5일 청명절을 기하여 뤼순일아감옥구지박물관의 직원들이 주변을 청소하고 있으며, 2015년 3월 초에는 둥산포를 실측하였다. 묘지 면적은 3亩(약 1,998 평방미터), 형태는 삼각형 형태로 처음 꼭짓점이 샹양자위안에서 상양공원으로 진입하여 오른쪽으로 20미터 가다가, 소로길이

갈라지는 지점이 꼭짓점의 시작이다. 꼭짓점을 기준으로 직진하여 가다 보면 왼쪽에 수많은 일반인의 무덤을 목격할 수 있다. 철탑이 끝나는 지점 소로 길(처음 꼭짓점에서 실측 150미터 거리)을 기점으로 밑의 철탑 앞으로 하여 노블 포레스트(뉘웨이선린) 아파트 담장 앞에 일반인이 경작한 지점까지 70m이며, 이 지점부터 노블포레스트 뒤 담장에서 주차장 쪽으로 이동하다 보면 일반인 묘지 한 구 앞으로 '뤼순감옥옛터 묘지' 비석을 지나 처음 꼭짓점의 삼각형이 만난다. 그 거리는 약 180m이다. 이 삼각형의 묘지 안에는 아카시아 나무가 50여 그루 식재되어 있다. 바로 이 부분이 뤼순감옥 공공묘지이자 마잉허우, 둥산포라고 한다. 이것을 주소로 표현하면 뤼순커우(旅順口区) 덩펑가(登峰街道) 마잉허우(马营后)의 둥산포(东山坡) 산이다.

2014년 6월 9일에 신개가에 사는 당시 16살의 류대록을 통하여 둥산포에 1970년대 현황을 알 수 있었다.

둥산포 앞에는 대다수가 분묘로 구성되어 있었고, 맨 좌측에는 1970년대에 인쇄공장이 있었다. 인쇄공장 이전에는 뤼순의 종중묘로서 사용되었다고 한다. 공공묘지 앞에는 판광의 집을 기준으로 세 집이 거주하였고, 중간에 소로가 있었다. 소로를 건너면, 자이(戴) 씨가 부인, 딸과 같이 살고 있었다. 1973년에는 둥산포 왼쪽 현 철탑 골짜기로 홍수가 나서 일부 무너진 적도 있었다.

2.4.3 발굴 과정

둥산포에 대한 관심은 대단히 높다. 그리고 국수적인 부분에서 발굴이 이루어졌다. 둥산포는 1965년과 1971년 두 번에 걸쳐 발굴된 경험이 있다. 국수적인 부분이다. 그리고, 1986년 북한의 안중근 유해 발굴 방문 시에도 북한 방문단이 이곳에 와서, 육안으로 확인 조사한 경험이 있다. 당시는 고구마밭이었다. 아울러, 미군이 2010년에 와서 지표투과조사를 통하여 조사했다. 또한 2006년 남북한의 안중근 의사 유해 발굴을 위하여 본 지역을 조사, 2016년

안중근의사기념관과 국가보훈처에서 조선족 '김홍범'과 '이국성'을 대동하여
육안으로 조사하였다.

1) 뤼순거주자가 증언하는 발굴 과정

뤼순거주자 위위엔춘씨 인터뷰, 1971년 3월 둥산포 발굴 당시 참여한 사진
사 거러퉁(葛乐同) 씨, 둥산포 주변 거주자들의 증언을 소개한다.

(1) 거러퉁 조사 내용

거러퉁 씨는 1935년생으로 1971년 3월에 둥산포에서 유골통을 발굴할 때,
저우샹링 관장의 의뢰에 의하여 직접 사진을 찍은 촬영사이다. 둥산포의 유
골통이 서로 붙여져서 찍혀있는 사진과, 유골의 무릎이 반쪽 어깨까지 나온
채로 유골통 안에 남색의 약병이 담겨있는 사진을 찍었다. 거러퉁은 2014년
5월에 한국 안중근 기념관과 국가보훈처에서 둥산포를 방문 조사차 왔을 때
배석하였다. 당시 거러퉁은 79세의 노구를 이끌고 1971년 둥산포에서 사진
을 찍었던 장소를 상세하게 증언하였다.

그는 현 둥산포의 중심
부분을 찍은 것이다. 따라
서, 둥산포 밑에는 유골통
이 있다고 확신하였다. 거
러퉁 씨는 산둥에서 1950
년 뤼순에 왔다. 지금의 뤼
순 신시가지라고 하는 타
이양고우(太阳沟)에서   살
았고 국영사진관에 근무
하였다. 뤼다시(旅大市) 사
진 시험에 6등으로 합격하

[사진] 1971년 거러퉁 씨가 찍은 둥산포 발굴 현장 사진

여 3급 사진사로 입사하였고, 후에 2급 사진사가 되었다. 당시 뤼순의 국영사진관은 한곳이었으나, 1971년에는 현 뤼순 시내에 위치한 창장로(长江路) 국영사진관에 근무하면서 동지관산 박물관과 영성자 민속박물관, 그리고 뤼순일아감옥구지박물관의 사진을 책임지고 있었다. 1971년 봄(역자주: 3월) 아침 10시경에 저우샹링 뤼순일아감옥구지박물관 준비위원장의 의뢰에 의하여 둥산포 사진을 찍었다. 가 보니 이미 발굴은 모두 이루어져 있었고 현 비석의 위에서부터 중앙 부분 소로길 밑으로 파헤쳐져 나무 유골통이 연결 지어 보였다. 당시 저우샹링 관장은 참여하지 않아 혼자만 있었고, 이미 발굴에 참여한 사람들은 전혀 보이지 않았다. 전부 유골통이 없었고 관도 없었다. 당시 발굴 목적은 둥산포 공공묘지의 유해를 뤼순일아감옥구지박물관에 가져가 전시할 계획이라고 들었다. 둥산포에 비석은 없었고 평평한 평지였다. 그후 뤼순일아감옥구지박물관의 사진도 찍었다. 1985년 국영사진관을 퇴직한 이후 신 시가지에 위치한 국영사진관 뒤에 있는 집에서 개인적으로 사진관을 운영하였다.

(2) 위위안춘(于元春) 증언 내용

1970년 당시 위위안춘(현 뤼순구 시장가 거주)의 집은 마잉허우(马营后, 东山坡 모두 뤼순 공공묘지를 지칭함) 뒤에 있었다.

"4, 5년 전에 저의 수양어머니는 고등법원(관동도독부 고등법원 지칭)에서 일을 했는데 안중근의 유해를 찾기 위해서 노력을 많이 했다. 때이 씨와 판마오충 씨(전 뤼순감옥 진열부 전 주임) 등은 안중근에 관한 일을 알고 있었다. 당시 백성들은 나무로 만든 묘비들을 넘어뜨려 불을 지피기 위해서 집에 가져갔다." 위위안춘은 1973년 학교를 졸업하고 뤼순에 남았다. 그동안 동사무소의 사람들이 위위엔춘에게 감옥 묘지에 복숭아나무 심는 일을 시켰다. 구덩이를 팔 때마다 나무통에 담은 인골을 찾았는데, 1미터 원형 구덩이에 3, 4개의 두개골이 있었다. 그런데 관과 비슷한 것은 못 찾았다. 인골은 뤼순 공안국에서 수

거해갔다.

2) 1986년대 북한의 조사

1986년 (중국)국무원 당국의 승인을 받아 북측이 파견한 안중근 유해 조사단이 뤼순에 방문하여 조사를 했다.[8] 1986년 7월 28일부터 8월 9일까지 저우샹링, 판마오충, 류즈후이 등이 북한 안중근 유해 고찰단 5명을 안내하고 발굴조사하였다. 북한 외무성 아시아국 주진극 부국장을 포함해 5명이었다. 북한은 뤼순일아감옥구지박물관, 관동도독부 지방법원과 뤼순일아감옥구지박물관이 있었던 마잉허우 뒤 옛 감옥묘지 터를 둘러봤다. 군중간담회도 4차례 개최되고, 47명이 참석했다. 당시 간담회 참석자 중에는 80세 이상의 고령

[사진] 1986년 북한에서 동산포 발굴조사 현장 모습

8 刘志惠(2003), 〈朝鲜安重根遺骸调查团访华纪实〉, ≪旅顺监狱旧地百年变迁学术研讨会文集(1902
   ~2002)≫, 吉林人民出版社

자도 있었고, 역사 · 고서적 유물을 연구하는 전문가, 학자도 있었다. 북한의 발굴 경험은 2006년 1차 남북 발굴조사단 시기, 공공묘지에 안중근 의사가 묻혀 있지 않을 것이라는 부정적 의견을 제안하는 계기가 되었고, 최서면 선생이 2008년에 제안한 발굴 시점을 지지한 조사였다. 다른 시각에서 논문을 보면, 안중근 의사 유해 발굴을 위해서는 북한도 중국 외교부의 비준과 랴오닝성, 다롄시의 외사 부문과 시 정부의 적극적 지원과 절차가 필요하다는 것을 반영하고 있다. 이는 향후 안중근 의사 유해 발굴을 위해서 밟아야 하는 기본적 절차와 출발점이 어딘지를 알 수 있는 경험을 보여준다.

3) 2006년 남한과 북한 공동 조사

2006년에 남북한이 안중근 의사 유해 발굴을 하려고 3차에 걸쳐 협상하였다. 그 근거는 1911년에 관동도독부감옥서 뒷산에서 죽은 사람들의 천도제(추조회)를 지내는 사진이다. 1970년대 관동도독부감옥서 초대 감옥 소장 딸이었던 '이마이 후사코'라는 사람이 그 당시 동경에 있었던 한국학 연구원장이었던 최서면 선생에게, 안중근 매장지로 추정되는 곳을 지목하며 주었다. 그 사진에 근거해서 2006년에 남북한이 안중근 의사 유해 위치를 특정하려고 하였다. 그러나 남북한이 둥산포에 와서 조사한 결과, 이곳을 안중근 매장지로 결정하지 않았다.

4) 김영광 의원 보고서

〈1910년대 안중근 의사의 묘지, 1910年代安重根義士的墓域〉 김영광 선생의 안중근 의사 유해 조사안(한글본)에 의하면[9], 이회영 선생의 손자라고 주장하는 이국성은 동아일보(2009.4.23.자)를 통해 1958년 아버지(李圭一)를 따라 13세 때 안 의사 묘소에 갔었다는 기자 회견 보도, 그리고 해방 전 다롄 거

---

9 김영광, 〈1910년대 안중근 의사의 묘지, 1910年代安重根義士的墓域〉 보고서

주 학생 시절 안 의사 묘소를 참배했다[10]는 신현만의 1983년 3월 증언한 샹양가 지점(둥산포를 의미)이 거의 일치한다고 쓰여 있다. 신현만은 상이군인 출신으로 2004년에 사망했다.

5) 고가 하츠이치(古賀初一) <뤼순형무소 참회록>

고가 하츠이치는 뤼순의과대학을 졸업하고, 뤼순형무소에서 1944년부터 1945년 의사로 재직하였다. 그는 1990년 후반에 뤼순일아감옥구지박물관을 방문하였다. 그리고, 참회록을 남겼다. 뤼순형무소 참회록에〈旅順刑務所回顧〉의하면, "진짜 시체와 대면해야 하는 나 자신의 직무에 견딜 수 없는 불운을 마음 깊이 느끼곤 했다. 저 목을 매다는 굵은 밧줄은 꽤 낡았지만 얼마나 사람 피를 빨고 있었던 것일까. 메이지(明治) 42년(1909년) 10월 조선 통감 이토 히로부미를 하얼빈역에서 암살한 한국의 영웅 안중근 씨도 이 형장의 이슬로 사라져 앞서 말한 무덤(土饅頭)에 매장됐다고 들었다. 사형의 옳고 그름은 어찌 됐든 간에 교수형은 너무 참혹하고 무도해 미국과 같이 전기의자 등이 적당하지 않을까 싶다." 이 내용에서 앞서 말한 무덤에 매장되었다는 것은 전체 생략된 부분의 문맥에서 보면 둥산포를 지칭한다.[11]

10 　－당시 치안국을 통해 동명인 11명 중 서울 구파발에 거주하는 신현만을 찾아 확인한 바, 자동차 서비스 공장을 경영하는 형으로부터 뤼순 쪽으로 원족 가거든 꼭 "안 의사 묘소에 참배하라."라는 가르침을 받았다고 진술
　　－묘소는 세 계단으로 되었고 안 의사는 두 번째 줄 맨 오른쪽이며 각목의 이름 安重根之墓 중 끝 세 글자는 이미 부식되어 가고 있었다.
　　－뤼순일아감옥구지박물관 정문으로부터 동쪽으로 500m 거리에 묘소가 위치하는 것으로 기억된다(1983.3 증언).
11 　김월배 · 김이슬 외, ≪유해사료, 안중근을 찾아서≫, 진인진 출판사. 2023년

2.4.2 결과

전술한 대로 많은 사람이 둥산포를 지칭하고 있다. 그러나 둥산포에 안중근 의사가 묻혔다는 사료나 공식적인 기록은 없다. 다만 국수적 부분의 발굴만 이뤄지고 있다. 그리고 현재 문화재 지역으로 지정되어 있어 원형이 그대로 유지되어 있다.

[사진] 뉴웨이선린아파트 11층에서 본 둥산포 여름 전경

3. 안중근 의사의 시신 찾기 방안은 무엇인가?

안중근의 하얼빈 의거 116주년을 맞는 올해 안중근 의사 위치를 규명하는 데 있어, 한국 정부가 지정한 3곳을 돌아보는 것은 대단히 중요하다. 현재 안중근 의사 매장지에 대한 중국인들의 관심은 안중근 의사의 유해 발굴을 바

安重根, 고국으로 返葬해 다오

라보는 척도이다. 중국에서는 중국 단독, 북한과의 합작, 남북한 발굴 협조, 한중 합작으로 안중근 의사 유해 발굴에 상당수 참여하였다. 2014년에는 한국 정부의 지표투과조사(GPR)을 받아들여, 남북한 공동 신청을 한국 측에 통보하였다. 이것은 안중근 의사 유해 발굴에 대한 정부 측의 현주소를 알려준다. 즉, 정부 간 안중근 의사 교류의 중요성이 크다. 그러나 정치적, 외교적 성격 때문에 늦어지는 요인도 있다. 따라서 민간 부분의 역할이 중요하다.

중국 내에서 안중근 의사 연구는, 하얼빈 지역에서는 하얼빈 의거 위주와 선양 및 평가 위주이고, 다롄 지역에서는 동양평화론 위주로 안중근 유해 발굴을 연구한다. 그러나 안중근 하얼빈 의거 100주년을 중심으로 증가했던 안중근 연구는, 최근 한족 연구자 및 조선족 연구자 모두 현저한 감소 추세를 보인다. 연구자의 감소는 안중근의 평가에 대한 감소를 의미하기도 한다.

안중근 유해 발굴을 위해 다롄 중심에서 베이징(중앙) 중심으로 동시에 견인할 필요가 있다. 베이징과 다롄의 학자들이 한자리에 모여 현장과 정책을 토론하고 공유하는 것이 중국 내 안중근 유해 발굴의 지름길이기도 하다. 이는 민간 차원에서 가능하다.

한중 민간 차원에서 정부가 지정한 세 지역과 또 다른 후보지를 발굴하는 것은 중요하다. 과거를 되짚어 보는 것은 미래를 향해 나아가는 길이다. 민간 차원의 안중근 의사 유해 발굴은 한중 양국의 유해 발굴을 열어가는 열쇠이자 매개체 역할이다.

참고문헌

김월배·김이슬 외, ≪유해사료, 안중근을 찾아서≫, 진인진 출판사. 2023년

김영광, 「1910년대 안중근 의사의 묘지, 1910年代安重根義士的墓域」 보고서

안중근 의사 한 · 중유해발굴단, 국가보훈처 · 충북대학교 · 한국지질자원연구원, 「안중근 의사 유해 발굴 보고서,安重根義士遺骸發掘報告書」, 2008년

최서면,「重根の墓 : 안중근의 묘」, 2001년

王珍仁(2015), 「关于安重根其人其事及遗骨寻找的相关问题」大连近代史研究, 12, 大连市 近代史研究

刘志惠(2003), 「朝鲜安重根遗骸调查团访华纪实」, ≪旅顺监狱旧地百年变迁学术研讨会 文集(1902〜2002)≫, 吉林人民出版社

旅顺日俄监狱旧址博物馆 · 大连市近代史研究所(2012),≪旅顺日俄监狱旧址博物馆年鉴 (2006－2011)≫,

「旅顺日俄监狱旧址博物馆关于对安重根埋葬地点调查工作的报告」, 旅顺日俄监狱旧址博 物馆

〈경향신문〉 2014년 07월 04일, 〈인민일보〉 2014년 07월 05일 01면
(http://www.xinhuanet.com/politics/2014－07/04/c_1111468087.htm)

安重根, 고국으로 返葬해 다오

제4장

안중근 매장지, 거론 인물에 대한 주장 분석

* 이 글은 저자가 2024년 12월 4일, 주다롄 대한민국 영사출장소 주관으로 열린 안중근 의사 유해 발굴 세미나에서 발표한 원고를 확대 보완한 것이다.

1. 뤼순의 구천을 헤매는 안중근 의사

안중근 의사는 유언했다. 그 유언의 실현은, 대한민국 국민의 숙제이다. 1910년 3월 10일, 안중근 의사는 동생 안정근과 안공근에게 최후의 유언을 남겼다.

> "내가 죽은 뒤에 나의 뼈를 하얼빈 공원 곁에 묻어 두었다가 우리 국권이 회복되거든 고국으로 반장해 다오. 나는 천국에 가서도 또한 마땅히 우리나라의 회복을 위해 힘쓸 것이다. 너희들은 돌아가서 동포들에게 각각 모두 나라의 책임을 지고 국민 된 의무를 다하며 마음을 같이하고 힘을 합하여 공로를 세우고 업을 이르도록 일러다오. 대한독립의 소리가 천국에 들려오면 나는 마땅히 춤추며 만세를 부를 것이다."

안중근 의사 유언은 죽어서도 조국 대한제국의 국권 회복에 대한 바람과 국민에 대한 의무를 당부하는 국민으로서의 보편적 가치 실현이 응축된 처절한 절규였던 것이었다. 자신의 목숨을 초개와 같이 버리고 국가를 위하여 헌신하는 모습이 지금도 눈에 선하다.

안중근 의사 유해는 순국 즉시 가족에게 인도되지 않고 관동도독부감옥서 묘지에 묻혔다. 유해는 일제에 의해 압수되어, 일본감옥법까지 어겨가며 동생들에게 유해를 인도하지 않고 극비리 매장해서 통치 자료로만 이용되었다. 이렇게 안중근 의사가 돌아가신 지 올해로 115년이 되었다. 안중근 의사의 영혼은 아직도 뤼순에서 찬비를 맞으며 을씨년스런 이역 하늘을 헤매고 있다. 그동안 안중근 의사 유언에 따라 꾸준히 노력하였으나 허사였다. 한국에서는 효창운동장에 허묘를 만들어 놓고 안중근 유해가 반장되기를 고대하고 있다. 그러나 아직도 안중근 의사 유해 찾기는 요원하기만 하다.

안중근 유해 발굴 과정에 대한 가족과 국가 차원의 노력, 그리고 그동안 안

安重根, 고국으로 返葬해 다오

중근 매장지를 주장하는 인물들의 주장 내용과 매장지 등을 정리하고자 한다. 주장이 난무하지만, 체계적으로 정리될 필요가 있다. 중국인, 한국인, 일본인 등 다양한 인물들의 주장이 있다. 우선 안중근 유해 발굴 과정을 기록해 본다.

2. 안중근 유해 발굴 현황

안중근 유해 발굴은 안중근 가족 단위 노력과 국가 차원으로 구분된다. 가족으로서는 동생 안정근의 노력이다. 그리고 국가 차원으로서는 한국, 중국, 북한 등에서 수행하였다.

2.1 가족 차원

우선은 가족의 안중근 의사 유해 발굴에 대한 노력이다.

안정근의 딸인 안현생의 회고록(1956년 4월호, 신태양사)의 〈안현생의 수기(手記)〉에 의하면[1], 다음과 같이 기술하고 있다.

(……) 또한 저희들을 감격하게 한 것은 해마다 선친이 돌아가신 3월 27일(역자 3월 26일)이면 중국 사람을 비롯한 외국 사람들까지도 그 묘지를 찾아주었다는 사실입니다. 일본 사람들도 그날이면 분향했습니다. 얼마 전 향항(香港.홍콩)을 거쳐 중국에서 돌아온 사람이 전하는바 지금도 그 묘지를 찾아주는 사람이 많다고 합

---

1 〈시사 IN〉 2010년 3월 26일자 기사(주진우 기자)에서 일부 인용, 김월배 · 김이슬 외, ≪유해사료, 안중근을 찾아서≫, 진인진 출판사, 2022년에 재인용

니다.

8 · 15해방이 되면서 선친의 유언대로 고국에 모시려고 했습니다만 국제정세가 미료했던 관계로 뜻을 이루지 못했습니다. 셋째 숙부님은 일찍이 중국에서 세상을 떠나시고 둘째 숙부님은 "형님이 그렇게 유언하셨는데 어찌 나만이 고국으로 돌아 갈 수 있느냐."라고 하시면서 고국에 돌아올 것을 거부하고 국제정세가 좋아지면 선친의 유언대로 선친을 모시고 고국에 돌아가겠다고 말씀하셨습니다. 그 후 공산 당이 정권을 잡게 되었고 숙부님은 상해와 대만을 오고 가고 하시다가 중국에서 세상을 떠났습니다. (……)

안정근은 안중근 의사 유해를 찾기 위해 중국에 머물렀다고 회고한다. 실제 안정근은 중국 밀산, 상하이, 웨이하이 등지에서 거주하였다. 또한 안현생 회고에 의하면, 적어도 1956년까지는 안중근 의사 묘지가 존재하고 있었고, 중국인과 일본인도 참배했다는 회고를 했다.

2.2 국가 차원

국가 차원으로 한국, 중국, 북한 등에서 수행하였다.

1986년 북한의 안중근 의사 유해 조사, 2006년 남북한 안중근 의사 유해 매장지 선정, 2008년 3월과 4월 뤼순감옥 북쪽 29일간 한중 안중근 의사 유해 발굴조사를 전개하였다. 그리고 2008년 10월 중국 단독으로 안중근 의사 유해 발굴을 하였다. 한국 정부의 2014년 11월 5일 중국 외교부 방문에 대한 결과로 2014년 11월 14일 안중근 의사 유해 발굴 지표투과조사에 응답하면서, 남북한이 신청하면 고려해 보겠다는 의견을 피력하여 현재에 이르고 있다. 2024년 6월 안중근의사찾기 한 · 중민간상설위원회((弘揚安重根义士精神 中 · 韓民间常设委会)는 상하이외국어대학에서 안중근 의사 유해 발굴 세미나를 개최하였다. 이로 민간 한중 전문가의 대화가 시작되었다.

安重根, 고국으로 返葬해 다오

3. 매장지 거론 인물의 주장분석

2008년 한·중 안중근 의사 유해 발굴 후 한국과 중국은 선자료 후발굴을 기조하고 있다. 즉 정확한 안중근 의사 매장지가 있어야 유해 발굴을 하겠다는 것이다. 그러나 안중근 의사 유해는 시간이 지나면 부식이 되고 찾는데 더욱 어려워진다. 그동안 안중근 의사 매장지를 주장하는 인물들은 중국인, 일본인, 한국인 등이 있다. 대부분 진술, 증언, 목격, 잡지, 논문 형태로 기술이나 회고하고 있다.

3.1 중국인의 주장

필자가 처음 뤼순일아감옥구지박물관 직원과 교류할 때 들은 이야기이다. "뤼순일아감옥구지박물관에 입사했을 때, 위의 선배 직원들로부터 안중근 의사 유해를 찾으면 로또다."라고 들었다고 했다. 지금 그 직원은 중간 간부가 되었다. 뤼순감옥에서도 안중근 의사 유해의 중요성을 인지하고 있다는 뜻이다.

3.1.1 신현만

신현만은 다롄 거주 학생 시절인 1944년 이후 세 번이나 안 의사의 무덤에 참배한 바 있었다고 주장하였다. 묘소는 세 개의 층으로 되어 있었고 안 의사는 두 번째 줄 맨 오른쪽 각목의 이름에 '安重根之墓' 중 끝 세 글자가 이미 부식되는 채로 있었다고 하였다. 뤼순감옥 정문으로부터 동쪽으로 500m 거리에 묘소가 위치했던 것으로 기억된다고 1983년 3월 증언하였다. 그는 재중동포(조선족)이며, 2급 상이군인 출신으로 2004년 작고하였다. (2005.8.20. 조선일보)

그의 말에 의하면, 1944년 안중근 의사 무덤을 직접 참배했다는 주장이다.

이는 1944년까지 안중근 의사의 무덤이 현존하고 있었음을 간접적으로 알 수 있다. 신현만의 뤼순감옥 정문으로부터 동쪽으로 500m 거리에 묘소가 위치했던 것으로 기억된다는 주장은 둥산포를 의미한다.

3.1.2 이국성

이국성은 지린성(吉林省) 메이허커우(梅河口) 출신이다. 열세 살 때 아버지를 따라 1958년 안 의사의 묘소에 간 적이 있었다. 참배 지점이 뤼순감옥(정문) 동쪽 300m 거리의 야산으로 추정된다. (2009.4.23. 동아일보)

또한, 2010년 안중근 의사 순국 100년 특집 EBS 제작 〈안중근 의사 유해를 찾아라〉라는 다큐에 출현하여, 둥산포 지역 중간 부분에 참배하였고, 무서워서 반대쪽으로 달리면 천주교 묘지(필자 주 기독교 묘지)가 보였다고 주장하였다.

이국성 씨는 재중동포이며, 현재 지린성 메이허커우에서 이회영 손자라고 주장하며 기념관을 운영하고 있다. 안중근 의사 매장지를 둥산포로 주장한다. 판마오충 씨의 증언에 의하면 본인이 장소를 알려주었다고 했다.

3.1.3 김홍범

김홍범 선생은 2015년 국가 보훈부(당시 처) 주무과장, 안중근의사숭모회 이사장을 모시고 둥산포를 방문하였다고 주장하였다. 당시 이국성이 모시고 왔다. 재중동포이고 현재는 작고하였다.

3.1.4 김파

김파는 안 의사의 동지 유동하의 누이동생인 유동선의 아들이다. 시인이자 소설가이다. 다롄시 잉청즈(英城子)에 거주하였다. 박삼중 스님의 뤼순 방문 시기 통역과 안내를 하였다.

김파는 안중근 의사 묘소는, 뤼순감옥 동쪽이며 옛 고등법원과 삼각 지점

쯤이라고 어머니에게 들었다고 했다. 묘소는 찾지 못해 참배하지 못했으나, 정부의 1차 발굴단이 작업한 곳(필자주 2008년 발굴지)은 아니라고 증언하였다.(2008.4 발굴 현장에서 김영광 선생에게 증언) (2016년 김월배와 자택 면담시 주장)

현재는 작고하였다. 김파도 뤼순감옥 동쪽이라고 주장했는데 둥산포를 의미한다. 판마오충 선생의 증언에 의하면, 김파에게 안중근 의사 묘지의 삼각지 지점을 알려줬다고 증언했다.

3.1.5 판마오충(潘茂忠)

판마오충은 뤼순일아감옥구지박물관에 38년을 근무했고 현재는 퇴직하였다. 뤼순일아감옥구지박물관의 실무적 역할을 했으며, 북한과 한국을 방문하였다. 판마오충은 샹양가 뒷산이 1910년대 사형수의 감옥 묘역으로 추정된다고 했다. 사형수가 늘면서 뤼순감옥 동북쪽 300m 거리에 제2묘역을 신설하고 1930~40년대 처형자를 주로 매장했다고 한다. 현재 복원 묘역의 묘지 전시품도 제1묘역에서 출토된 것을 진열한 것이라고 하였다.

또한 1980년대 중반 다롄시 외사반에서 뤼순 지도를 가져와서 뤼순감옥과 관동법원의 삼각지점 쯤에 묻혔다는 지도를 직접 보았다고 주장하였다. 2001년에 '뤼순감옥구지묘지'라는 표지석을 다롄시 문화국에 신청할 때 실무적인 역할을 하였다. 판마오충은 한족으로, 현재는 뤼순지역 양로원에 거주하고 있다. 판마오충은 둥산포를 주장하고 있다. 이국성, 김파에게 안중근 의사의 매장지를 사실상 전달한 인물이다. 김파는 김홍범에게 간접적으로 전달한 것으로 생각된다.

3.1.6 류빙후(刘秉虎)

류빙후 선생은 다롄대학교 교수로 재직 후 퇴직하였다. 다롄시 안중근연구회 부회장으로 재직하였다. 김영광 선생의 〈안중근 의사 매장지 기록〉에서, 류빙후 주장에 의하면, '샹양가 뒷산 묘역이 가장 먼저 개설된 것으로 본다. 안중근 의사는 이 무덤에 묻혀 있을 것으로 이곳 연구가들은 추정하고 있다. 작년 1차 발굴에서는 현지인들의 의견은 배제되었으며 한국 정부가 주관하는 일이니 그저 따랐을 뿐이다.'라고 했다. 재중 동포이며, 현재 대련 개발구에 거주하고 있다. 2008년 중국 뤼순일아감옥구지박물관 단독 안중근 의사 유해 발굴 시, 당시 관장 화원구이와 적극적으로 면담하였다. 류빙후 선생은 둥산포를 매장지로 보고 있다.

3.1.7 장신년(張新年)

장신년은 뤼순 샹양가에 거주하였다. 김영광 선생의 〈안중근 의사 매장지 기록〉에 의하면, '사형수를 묻는 것을 보지는 못했으나 이곳 주민들에게는 뤼순감옥 묘지로 널리 알려져 있다.'라고 증언하고 있다. 장신년은 한족이다. 장신년은 뤼순감옥묘지를 주장하고 있다. 뤼순감옥 묘지는 둥산포를 의미한다.

3.1.8 저우즈펑(周之风)

저우즈펑은 1952년에 쓰여진, 중국 잡지 ≪여대소사 旅大小史≫ 第四十七节에서, 〈조선 애국지사 안중근은 뤼순감옥에서 살해당했다.朝鮮爱国志士安重根遇害于旅顺监狱〉에 안중근 매장지를 기술하였다.

'조선 애국지사 안중근 의사의 영령은 뤼순(旅顺) 바이위산(白玉山) 밑과 갑오(甲午)의 순난을 알리는 만충묘(萬忠墓)에 묻혀 형제 국가의 좋은 이웃으로 지내다가

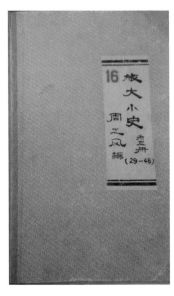

[사진] 여대소사 표지

安重根, 고국으로 返葬해 다오

그의 관을 다시 조선 진남포(鎭南浦)로 옮겼고, 현재 바이위산 밑에는 영웅의
유적이 남아 있다.'라고 기술하였다.

저우즈펑은 바이위산(백옥산, 뤼순 중심의 산)을 안중근 의사 매장지로 기록
하였다.

3.1.9 장쉬에차이(张学才)

장쉬에차이는 뤼순일아감옥구지박물관 주변의 샹양가 동산상에 거주하
였다. 2008년 5월 뤼순일아감옥구지박물관 주요 직원들에게 다음과 같이 진
술하였다.

질문: 어르신은 이 근처에 조선인을 묻은 묘가 있다는 것을 아신다고 들었
는데요?

대답: 맞습니다. 지금 우리가 보고 있는 바로 앞의 이 땅입니다. 그 당시 이
땅은 우리 외할아버지 쪽 마 씨 일족이 샀는데, 모두 13묘(畝, 중국식 토지 면적
의 단위)였습니다. 그들이 산 목적은 훗날 무덤으로 쓰기 위한 것입니다. 마
씨의 맏이는 죽은 후 이곳에 묻혔습니다. 나중에 우리 외할아버지께서 돌아
가신 후에도 이 땅에 묻혔습니다. 내가 16세 때인 1954년, 외할머니는 외할아
버지께 성묘할 때 옆에 있는 조선인께도 같이 하면서 샤오지(烧纸)도 좀 하라
고 했습니다. 나는 그때부터 그 묘는 조선인의 무덤이라는 것을 알게 되었습
니다. 1956년 중국에서 농업 협동화 운동을 벌일 때 나는 이 땅을 이용해서
입사했습니다.

이러한 진술에 의하면, 뤼순일아감옥구지박물관에서는 2008년 단독으로
안중근 의사 유해 발굴을 하였다. 샤오파오타이산 발굴이다. 장쉬에차이는
샤오파오타이산을 매장지로 주장하였다.

대부분 안중근 의사 매장지는 재중동포들에게 확대 재생산되기도 하였지만,

대체로 둥산포를 직접 참배하였다는 주장이 많다. 일부 연구자들도 둥산포를 지목하고 있다.

3.2 일본인의 주장

안중근 유해 미궁의 원죄는 일본에 있다. 당시 관동도독부 법에 따르면, 가족이 원하면 반드시 돌려주어야 했다. 관동도독부감옥서(안중근 의사 수감 당시 뤼순감옥 명칭)에 근무했던 일본 간수들과 다롄, 또는 뤼순에 근무했던 관동도독부 육군부, 민정부 일본인, 뤼순과 다롄에 거주했던 일본인도 상당수 있었다. 그리고 안중근 의사 재판정에 300여 명의(일부 외국인과 조선인 포함) 방청객이 6번에 걸쳐 중복이든 신규든 상당수 참석했다면, 일본인은 안중근 의사의 순국을 알았다. 그런데 이 일본인 모두 안중근 의사 유해 매장지를 증언하는 증언이 없다. 이 또한 미스터리다. 아마도 철저한 함구와 비밀리 매장했다는 원죄 때문일 것이다. 그중 현재 안중근 의사 매장지를 주장하는 일본인은 3명 정도로 파악된다.

3.2.1 이마이 후사코

이마이 후사코는 2006년 남북한 안중근 매장지 위치선정, 2008년 한중 위안바오산 매장지 발굴에 결정적 자료를 제공한 인물이다. 1970년대 도쿄한 국학 원장인 최서면 선생에게 2장의 사진을 제공하였다.

사진 한 장은, 뤼순감옥 재감사자 추조회(1911년 촬영 추정) 사진이며, 사진의 화살표 부분을 안중근 매장지로 주장한다. 두 번째 사진은 뤼순감옥 뒷산(위안바오산)에서 바라본 뤼순감옥 전경 사진이다. 이 사진을 근거로 위안바오산 지역을 안중근 의사 매장지로 주장하였다. 이마이 후사코는 관동도독부감옥서 초대소장 구리하라의 딸이다. 당시 12세로 추정하는데, 현재는 작고하였다.

3.2.2 고가 하츠이치(古賀初一)

고가 하츠이치는 뤼순의학전문학교를 졸업하고, 1944년에 뤼순형무소(안중근 의사 순국 당시 명칭 관동도독부감옥서)에 근무한 의사였다. 의무실에서 1년 3개월 동안 근무하였다. 1990년 84세의 고가 하츠이츠는, 뤼순일아감옥구지박물관(1971년 7월 5일 박물관 개관)에 방문하여 참회록을 남겼다. 참회록은 뤼순감옥 의무실에 현재 전시되고 있다.

〈고가 하츠이치 참회록(旅順刑務所回顧)〉은 고가 하츠이치가 당시의 뤼순형무소에서 근무하며 했던 일들을 회고하며 기록한 글이다. 〈고가 하츠이치 참회록〉에는 자신이 근무하게 된 배경, 개인 호기심에 뤼순감옥 공동묘지에서 시체를 가져다 표본을 만들었던 일 등, 당시 뤼순감옥에서 수인들에게 내린 형벌, 노역, 사형과 사형 과정 등에 대한 기록이 자세히 실려 있다. 〈고가 하츠이치 참회록〉 말미에 보면, 안중근 의사 매장지 관련 내용도 소개되어 있다.

나는 예전에 재학 중 만주(滿洲) 개척 의료단으로서 몇 반으로 나뉘어 멀리 순회하기도 했는데 동기 중 지금은 없는 히라타(平田) 군과 T 군이었던지 훌륭한 두개골을 한 개씩 토장(土葬)에서 파내어 기숙사 안에 가지고 왔다. 치아도 다 있는 20~30대 사람이 아닐까 싶었다. 부검용으로서는 정말 두말할 나위 없었고, 중국 사람들에게는 미안한 이야기지만 나도 호기심도 있어서 의학용으로 이 두개골을 내 것으로 만들고자 했던 한 사람이다. 형무소 끝에서 300미터나 떨어진 곳에 무덤(土饅頭)이 많은 묘지가 있었고 여기에 수백, 수천의 영혼이 잠자고 있었다. 지금은 당시와는 다르겠지만 무덤들이 비바람이나 강아지, 고양이 때문인지 파헤쳐져 손발, 머리가 노출돼 있는 것도 수없이 있었다. 나는 안내역인 의료 근무의 나이 든 부하와 함께 가장 적당할 것 같은 두개골을 형무소 안으로 가져 왔지만, 두개골 속에는 아직 썩은 살이 붙은 채 구더기가 집을 짓고 있었다. 이렇게 붙은 살이 어찌 강한지 뗄 수가 없다. 생체 실험에는 효과 없기에 두개골 속 구더기를 죽이려고 독약 스트

리키닌과 청산가리를 용액으로 의류에 스며들게 해서 20센티미터(짐작한 번역)쯤의 항아리 안에 넣고 땅속에 묻기를 10일간, 구더기의 사멸을 기도하면서 다시 파냈지만, 구더기 놈들은 줄기는커녕 더욱 맹위를 떨쳐 오히려 많아지고 있으니 그 생명력의 왕성함에 그저 놀랍기만 했다. 그때는 더운 시기라 겨울에 하자고 생각해 유골을 원래 장소에 돌려놓았지만 그새 잊어버려 결국은 염원을 이룰 수 없었다.

(중략)

메이지(明治) 42년(1909년) 10월 조선 통감 이토 히로부미를 하얼빈역에서 암살한 한국의 영웅 안중근 씨도 이 형장의 이슬로 사라져 앞서 말한 무덤(土饅頭)에 매장됐다고 들었다. 사형의 옳고 그름은 어찌 됐든 간에 교수형은 너무 참혹하고 무도해 미국과 같이 전기의자 등이 적당하지 않을까 싶다. 나는 전후 A급 전범으로 필리핀의 문틴루파에서 쇼와(昭和) 26년(1951년) 쯤이었던가, 야마시타(山下) 장군과 장교들이 잇따라 이름 없는 언덕 위에서 교수대 위로 올라갔던, 텔레비전 속 모습이 생생하게 떠오른다. 나는 쇼와(昭和) 20년(1945년) 7월 16일, 푸신(阜新, 랴오닝성) 보병 부대의 견습 사관이 되어 형무소를 떠났다. 대부분의 시체는 모교(母校) 시체실로 옮겼을 것이다.

고가 하츠이치 회고록에 의하면, '메이지(明治) 42년(1909년) 10월 조선 통감 이토 히로부미를 하얼빈역에서 암살한 한국의 영웅 안중근 씨도 이 형장의 이슬로 사라져 앞서 말한 무덤에 매장됐다고 들었다.'라고 기록했으며, 이 무덤은 '형무소 끝에서 300미터나 떨어진 곳에 많은 무덤이 있었다.'라고 증언하고 있다. 이는 지금의 둥산포를 의미한다.

安重根, 고국으로 返葬해 다오

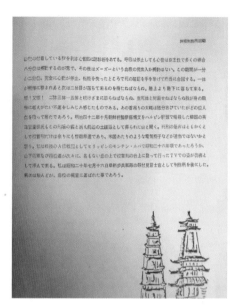

[사진] 고가 하츠이치 회고록에 안중근 유해 나오는 부분

고가 하츠이치는 일본 마쓰야마 시에 거주했다가 지금은 작고했다. 현재 딸이 생존해 있으며, 고가 하츠이치 후손들을 통하여 유품이나 또 다른 기록을 확보하거나 확인하는 절차는 전혀 이뤄지지 못했다.

(3) 소노키 스에요시(園木末喜)

소노키 스에요시는 안중근 의사 수감과 순국 당시 통역으로 근무한 조선 통감부 촉탁이다. 1910년 3월 26일 사형이 집행되고, 당시 기록을 조선 통감부와 일본 외무성에 안중근 의사 사형 시말 보고서를 작성하여 발송하였다. 본 기록은 필자가 일본 외무성 자료관에서 수집한 자료이다.

[살인 피고인 安重根에 대한 사형은 26일 오전 10시 감옥서 내 사형장에서 집행되었음. 그 요령] 〈비수(秘受) 제1182호〉 기록에 의하면 다음 내용이 있다.

살인 피고인 안중근에 대한 사형은 26일 오전 10시 감옥서 내 사형장에서 집행됐다. 그 요령은 다음과 같다. 오전 10시 미조부치(溝淵) 검찰관, 구리하라 형무소장 및 소관들이 형장 검시실에 착석한 것과 동시에 안(安)을 끌어내며 사형집행의 취지를 고지하고 유언의 유무를 물어보자, 이에 대해 따로 유언할 것은 아무것도 가지고 있지 않지만 원래 자신의 흉행이란 오직 동양의 평화를 도모하고자 하는 성의에서 나온 것이라 부디 금일 임검(臨檢)한 일본 행정 각부 각위도 다행히 제 마음을 알아주시고 피아 상관없이 합심 협력으로 동양의 평화를 도모하실 것을 간절히 바랄 뿐이라고 말했다. 또 이때 동양 평화의 만세삼창을 하고 싶은데 특별히 허락해 달라고 요청했으나 형무소장은 그럴 수 없다는 내용을 잘 알게끔 이야기했다. 그리고 간수를 시켜 바로 흰 종이와 흰 천으로 그 눈을 가리고 특별히 기도의 허락을 주자, 안은 약 2분 정도 묵도를 한 뒤 간수 두 명의 손에 끌려가 계단에서 교수대로 올라가 조용히 형 집행을 받았다. 시간은 10시 4분, 그 15분 후 감옥의는 죽은 얼굴을 살펴 절명한 것을 보고하자 여기서 드디어 집행을 끝내고 모두 퇴장했다.

10시 20분, 안의 시체는 특별히 감옥서에서 제작한 침관(寢棺)에 이를 넣으며 흰색 천으로 덮어 교회당(敎誨堂)으로 옮겨졌다. 이어서 그의 공범자인 우덕순, 조도선, 유동하 세 명을 끌어내 특별히 예배하게 하며 오후 1시 감옥서 묘지에 그를 매장했다.

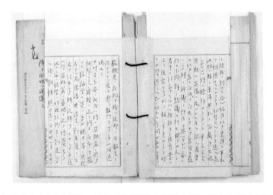

[사진] 소노키 스에요시 보고에 안중근 의사 사형 과정과 매장 기록

安重根, 고국으로 返葬해 다오

소노키 스에요시는 안중근 의사 순국 당시 직접 참여한 인물이고, 그 당시를 기록하여 조선 통감부와 일본 외교 사료관에 공식적으로 보고한 문서를 작성한 인물이다. 소노키 스에요시에 의하면, 안중근 의사는 감옥서 묘지에 매장되었다고 기록했다.

3.3 한국인의 주장

안중근 의사 유해 발굴을 위하여, 안중근 의사 가족뿐만 아니라, 국가 차원 그리고 민간 차원에서 커다란 노력을 하였다. 그러나 매장지를 특정하는 위치 주장에는 대부분 2차 자료를 이용하고 있으며, 그 3명 정도를 소개하고자 한다.

3.3.1 김영광

김영광 선생이 2010년 2월에 〈1910년대 안중근 의사 묘지〉[2]라는 제목으로 안중근 의사 유해 조사안에 대해 기록했다. 이 자료에는 사형집행 전후의 일본 측 보고 내용(사형집행 상황, 연도별 사형자 일람, 감옥서 규칙)과 그동안 관계자의 증언을 토대로 한 감옥 묘역 답사 내용 등을 기록했다.

안중근 의사가 사형당한 지 오랜 시간이 지난 만큼 유해 발굴이 쉽지 않으므로 관계자 증언의 중요성을 강조했다. 이 자료에서는 주요 증언자 신현만(상이군인 출신, 2004년 사망), 이국성(중국 출생, 우당 이회영 선생 손자), 김파(안중근 의사의 하얼빈 의거 동지인 유동하의 생질), A氏(김영광 선생의 조사안 작성 당시 35년째 뤼순일아감옥구지박물관에 근무), 다롄대학교의 류빙후 교수, 고가 하츠이치(해방 전까지 뤼순감옥 의사로 근무) 등의 증언을 바탕으로 1910년대 묘역은 샹양가(向陽街) 뒷산일 것으로 추정했다. 즉 둥산포를 의미한다. 이 자료에서 주요 관련자들의 증언을 토대로 현지답사를 통해 안중근 의사의 묘지

---

2 〈1910年代安重根義士的墓域〉

를 추정했다. 이 자료를 한글본과 중문본으로 번역하여 한국과 중국 측 관계자들에게 안중근 유해 발굴의 민간 증언을 정리하였다. 김영광 선생은 둥산포를 주장했으며, 국가 공무원, 국회의원, 안중근의사숭모회 부이사장을 역임했으나 현재는 작고하였다.

3.3.2 최서면

최서면은 2001년 〈안중근의 묘(安重根の墓)〉라는 자료를 발간하였다. 그리고 안중근의사묘역추정위원회(安重根義士墓域推定委員會)라는 이름으로 발간하였다. 이 〈안중근의 묘〉에서는 안중근 의사 사형집행과 관련된 일본의 보고서 등과 같은 사료, 안중근의 묘를 찾는 전후의 시도나 새로운 시도, 안중근 의사 묘역 추정위원회의 작업, 묘역 추정에 대해 정리한 내용이 실려 있다. 이 자료는 이마이 후사코의 내용을 중심으로 전개되어 있다. 〈안중근의 묘〉 자료의 묘역 추정 부분에 의하면 다음과 같은 내용이 있다.

묘역추정위원회는 2000년이 되어 도쿄 한국연구원의 서고에서 귀중한 두 장의 사진을 발견하는 행운을 얻었다. 그것은 뤼순감옥의 형무소장 구리하라 사다키치의 유족이 최서면 도쿄 한국연구원에 기증한 물품에서 발견됐다. 도쿄의 신문을 통해 도쿄 한국연구원이 안중근 연구에 힘쓰고 있음을 알게 된 뤼순감옥 형무소장 구리하라 사다키치의 셋째 딸 이마이 후사코가 1976년 7월에 최서면 원장을 방문했을 때의 것이었다. 구리하라 형무소장은 뤼순감옥의 관사에 살고 있었지만 셋째 딸 후사코도 그곳에서 초등학교 시절을 보냈으며 안중근이 재옥했을 무렵의 사정과 주변 사정을 기억하고 있었는데 그 가운데 구리하라 형무소장이 가졌던 안중근에 대한 관점을 들을 수 있었다. (중략)

그 두 장의 사진은 바로 안중근의 묘 위치를 표시하는 중요한 자료였다. 추정위원회가 두 장의 사진을 분석해서 그 사진이 뤼순형무소 공동묘지에서 진행된 한 행사의 기념사진임을 확인할 수 있었다. 그것은 1911년 뤼순감옥이 안중근의 묘가 있는 수인 묘지에서 개최한 재감사자 추조회 사진이었다.

安重根の墓

2001年3月25日印刷
2001年3月26日発行

崔 書 勉 著

発行 安重根義士墓域推定委員会
装祯 株式会社東光グラフィックシステム
印刷 株式会社国際マイクロ写真工業社

[사진] 최서면 선생의 안중근 묘

〈안중근의 묘〉는 2006년 남북한 안중근 의사 유해 발굴 당시 안중근 의사 매장지를 추정하는 역할을 하였다. 이 자료에는 뤼순일아감옥구지박물관 뒤편인 위안바오산을 매장지로 지정하였다. 이것을 근거로 2008년 한중 안중근 의사 유해 발굴을 진행하였다. 최서면 선생은 동경 한국학 연구원을 설립, 운영했으며 현재는 작고하였다.

3.3.3 김월배

김월배는 중국 상하이, 다롄, 뤼순지역의 탐문 및 조사, 일본 사료 조사, 한국 사료 조사를 수행하였다. 김월배는 2015년 〈공동연구 안중근과 동양평화: 동아시아 역사를 위해 국경을 넘는 대화 共同研究 安重根と東洋平和——東アジアの歴史をめぐる越境的対話[3]〉, 2021년 〈사람과 사회, The people

and society〉통권 14 – 15호, 2022년 〈안중근 의사 유해 발굴, 참평화의 길
이다〉에서 안중근 의사 매장지를 '당시 관동도독부감옥서 묘지'라고 기록하
였다. 이 기록에서, 소노키 스에요시의 〈비수(秘受) 제1182호〉에 의하면, 다
음 내용이 있다.

안 의사 사형 시말 보고서(조선 통감부 소노키)

[문서제목] [安重根 死刑 집행 상황]
[발송자] [通譯囑託 統監府 通譯生 園木末嘉]
살인 피고인 安重根에 대한 사형은 26일 오전 10시 監獄署 내 형장에서 집행되었
습니다.
그 요령은 아래와 같습니다. (중략)
10시 20분 安의 시체는 특별히 監獄署에서 만든 寢棺에 이를 거두고 흰색 천을
덮어서 교회당으로 운구되었는데, 이윽고 그 공범자인 禹德順·曹道先·劉東夏 3
명을 끌어내어 특별히 예배하게 하고 오후 1시에 監獄署의 묘지에 이를 매장했습니
다. (중략)
위를 보고합니다.
'通譯囑託 統監府 通譯生 園木末嘉印'라는 기록이 있다.

일본 국회도서관에서 수집한 12여 건의 신문 기사를 보면, "유해는 오후 1
시 공동묘지에 매장"(1910. 3. 27. 오사카 마이니치신문 大阪毎日新聞뤼순전보 26
일), "안중근의 시체는 감옥묘지에 특별히 침관에 넣어 매장"(1910. 3. 27. 오사
카 마이니치신문 大阪毎日新聞), "유골은 감옥 공동묘지에 매장"(1910. 3. 27. 모지

---

3 共同研究 安重根と東洋平和――東アジアの歴史をめぐる越境的対話 (龍谷大学社会科学研究
所叢書 第116巻)
明石書店, 2017年 3月 24

　　　　　　　　　　　安重根, 고국으로 返葬해 다오

신보 뤼순전보 26일 발 인용)

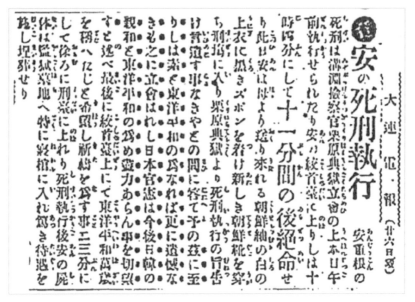

[사진] 모지신보에 나오는 안중근 매장지

  "안중근의 시체는 감옥묘지에 특히 관에 넣는 특별 대우를 받고 매장"(1910. 3. 27. 모지신보 다롄전보 26일), "유해는 뤼순감옥묘지에 매장"(1910. 3. 28. 도쿄일일신문 東京日日新聞 다롄전보)

  "사체는 오후에 감옥공동묘지에 매장"(1910. 3. 29. 만주신보 滿州新報), "안중근의 사체를 오후 감옥공동묘지에 묻었다"(1910. 3. 29. 만주신보 滿州新報 26일 뤼순지국 발), "안중근 사체는 오후 1시 감옥공동묘지에 묻었다."(1910. 3. 27. 만주일일신문 滿州日日新聞) 등의 기록이 있다. 이외에도 일본의 도요신문(土陽新聞, 1910. 03. 28.), 이세신문(伊勢新聞, 1910. 03. 29.), 조선신문(朝鮮新聞, 1910. 03. 29.), 조선신문(朝鮮新聞, 1910. 04. 01.) 등의 기록에도 있다.

  중국 신문 기사 1910년 3월 27일자, 〈만주일일신문(滿洲日日新聞)〉, 〈최후의 면회_중근의 유해 안중근의 최후_침관에 안치하다〉의 〈시체의 매장〉 기사에 의하면, '이리하여 시체는 매우 정중하게 취급하여 오후 봄비가 내리는 가운데 공동묘지에 매장하였다. 두 동생은 중근의 죽음을 듣고서 울부짖으며 통곡하였다고 한다. 조속히 짐을 꾸려 어제 26일 오후 5시 뤼순발 열차로 안토현(安東縣)을 경유하여 귀국해야 하므로 출발하였다.'라고 했다.

조선의 황성신문(皇城新聞), 3월 29일자에도 다음 내용이 있다.

'안중근의 사형은 지난 26일 오전 10시 15분 즉 이토 공 조난하던 시간에 감옥 내에서 집행하여 10분 만에 절명되었는데 동 법원에서는 당일 오후 1시에 뤼순감옥 묘지에 매장하였다더라.' 또한, 신한국보 (新韓國報), 1910년 3월 8일자 〈안씨장지〉 기사에 의하면, '안중근 씨의 유해는 고국으로 귀장함을 불허하는 고로 뤼순감옥 공동장지에 매장하였다더라.' 그리고, 〈대한매일신보(大韓每日申報)〉의 1910년 4월 2일자 〈안씨장지(安氏葬地)〉 기사에 의하면, '안중근 씨의 유체(遺體)는 故國으로 귀장(歸葬) 홈을 불허(不許) 홈으로 뤼순감옥(旅順監獄) 공동장지(共同葬地)에 매장 (埋) ᄒ엿다더라.'

[사진] 안씨장지 기사의 안중근 매장지

황헌의 ≪매천야록≫ 〈안중근묘지(安重根墓地)〉의 융희(隆熙) 4년 경술(庚戌, 1910년)의 기록에 의하면, '안중근의 집에서는 그의 유언에 따라 하얼빈에서 장례를 치르려고 하였으나, 일본인들은 그를 불허하여 뤼순감옥 내에서 장례를 치르도록 하였다. 그것은 안중근은 처형될 때 "국권이 회복되기 전에는 고국 산으로 반장(返葬)하지 말고 하얼빈에다가 임시로 묻어 나의 비통한 마음을 표시하라."라고 하였기 때문이다.'라고 기록하고 있다.

安重根, 고국으로 返葬해 다오

상기 전술한 소노키 스에키 보고서, 일본 신문기사, 중국 신문기사, 한국 신문기사와 잡지 모두 공동묘지를 기록하고 있다. 안중근 의사가 순국할 당시 뤼순감옥의 명칭은 '관동도독부감옥서'였다. 그리하여 김월배에 의하면, 안중근 의사 순국 시기는 '당시(1910년 3월 26일) 관동도독부감옥서 묘지'에 묻혔다고 주장한다. 단, 애석하게도 '당시 관동도독부감옥서 묘지'가 현재 어디인지 사료로서 특정할 수 없다. 따라서 현재 다른 주장의 자료가 발견되지 않는 상태라면, 둥산포 묘지를 발굴할 필요가 있다고 했다.

3.4 소결

안중근 의사 매장지를 주장하는 사람들은 일본인(3명), 중국인(9명), 한국인(3명)들 총 15명에 이른다. 대략 전술한 바와 같다. 대부분 주장이 중심이고, 사료 제시는 일부에 그친다. 정리하면 다음과 같은 결론에 이른다.

첫째, 안중근 매장지를 실제 방문한 사람은 중국 측에서는 세 사람(신현만, 이국성, 김홍범)으로 모두 재중동포이다.

둘째, 시기로 보면, 안중근 의사 순국 당시 매장지 주장은 일본 측 두 사람(소노키, 이마이 후사코)이다.

셋째, 대부분 주장에 그친다. 그나마 2차 자료나 간접 자료를 가지고 주장하기도 한다. 이를 표로 정리하면 다음 표와 같다.

〈표〉 안중근 의사 매장지 주장자 분석표

성명	국가	근거	주장 지역	사료 근거 여부
신현만	중국	참배	둥산포	없음
이국성	중국	참배	둥산포	없음
김홍범	중국	참배	둥산포	없음
김파	중국	전해 들음	둥산포	없음
판마오충	중국	1980년대 지도 (삼각지점)	둥산포	불상
류빙후	중국	최초매장지	둥산포	없음
장신년	중국	주민 전언	둥산포	없음
저우즈펑	중국	없음	바이위산(백옥산)	없음
장쉬에차이	중국	고려인 무덤	샤오파오타이산	없음
이마이 후사코	일본	사형자추도식 사진	위안바오산	있음
고가 하츠이치	일본	전언	둥산포	참회록
소노키 스에요시	일본	사형참여자	감옥서 묘지	통감부/ 외무성문서
김영광	한국	주장 정리	둥산포	없음
최서면	한국	사형자추도식 사진	위안바오산	있음
김월배	한국	공문/신문기록	관동도독부감옥서	있음

4. 광복 80주년, 안중근 유해 발굴 어찌할 것인가?

"내가 죽은 뒤에 나의 뼈를 하얼빈 공원 곁에 묻어 두었다가 우리 국권이 회복되거든 고국으로 반장해 다오."

국권이 회복된 지 80주년이다. 안중근 의사의 순국 이후 가족 차원에서, 국가 차원에서 그리고 민간 차원에서 안중근 의사의 유해를 발굴하려는 노력이 확대되고 있다. 그러나 가족 차원은 의미가 없다. 국가 차원은 2008년을 기점으로 현재까지는 가시적인 것이 확인되지 않고 있다. 그나마 민간 차원

安重根, 고국으로 返葬해 다오

에서 간헐적 노력이 이루어지고 있다. 그리고 중국 측 민간에서도 참여하고 있다.

안중근 의사 유해 발굴을 주장하는 주장자들은 3가지로 나눠질 수 있다. 첫째, 단순 주장이다. 뤼순일아감옥구지박물관 근무자의 주장을 전달 재해석하고 있다. 둘째, 신문 기사와 순국 당시 문서를 가지고 특정 장소를 주장하고 있다. 그러나 매장지를 정확히 광범위하게 언급한 기록을 제시하지 못하고 있다. 셋째, 국가별로 주장이 다르다. 중국인은 주로 뤼순일아감옥구지박물관 주변의 현황과 주장에 따라 특정하고 있다. 일본인은 안중근 의사 순국 시기 또는 뤼순감옥 존재 시기의 자료나 주장에 근거하고 있다. 1945년 이후 일본인들이 안중근 매장지를 주장하는 기록은 현재 발견되지 않고 있다. 한국인들의 주장은 대부분 일본인과 중국인들의 주장을 재생산하고 있다.

광복 80주년을 맞이하는 올해도 여전히 안중근 의사 매장지에 대한 위치가 확인되지 않고 있다. 광복 80주년에도 안중근 의사의 유해를 뤼순 구천에 헤매게 할 것인가? 국가 차원에서는 상당수 사람들이 주장하는 둥산포의 발굴을 확인할 필요가 있다. 또한 민간 차원에서도 전문가와의 교류를 통하여 자료 발굴을 확대해야 한다. 한국, 중국, 일본 학자들의 민간 참여가 필요하다. 안중근 의사의 유해 위치 사료와 후손을 찾아야 한다. 그리고 한중일 학자들이 함께 걸으면 길이 된다.

동양 평화를 염원하며 살신성인하신 평화주의자 안중근 의사의 유언은 실현될 것인가? 안중근 의사 유해 발굴은, 동양 삼국의 미래를 열어가는 열쇠이다. 한중일 삼국의 평화를 염원했던 안중근 의사께서 세상에 남긴 유언에 따라 그분의 유해를 찾아야만 하는 것도 우리들의 사명이다. 함께하면 길이 된다.

참고문헌

김월배 · 김이슬 외, ≪유해사료, 안중근을 찾아서≫, 진인진 출판사, 2023년
김월배, ≪안중근 의사 유해 발굴 동양평화의 길이다≫, 도서출판 걸음, 2022년
共同研究安重根と東洋平和──東アジアの歴史をめぐる越境的対話　(龍谷大学社会科
　　　学研究所叢書 第 116巻), 明石書店, 2017年 3月 24

安重根, 고국으로 返葬해 다오

제5장

뤼순일아감옥구지박물관 공동묘지의
과거와 현재

1. 뤼순일아감옥구지박물관 공동표지 현황

1.1 감옥 현황

뤼순감옥은, 러시아와 일본 제국주의에 의하여 건립된 산물이다. 1차 러시아가 신축, 2차 일본이 확대 건립한 감옥으로서 1902년 러시아에 의해서 처음 건설되었다. 그리고 1907년 일본에 의해서 확대 건축되고 1945년에 해산되었다.

1902년, 러시아는 위안바오방(元寶房)에서 뤼순감옥을 처음으로 건설했다. 1903년 첫 번째 건축공사가 끝날 때 러시아 사람이 러시아 건축 스타일로 사무동이자 감옥의 정문, 그리고 85칸 간방과 4칸의 암실을 건립했다. 사무동은 전형적인 러시아 고전 건축이다. 2층은 벽돌과 나무를 섞어서 건설했다. 깊이는 34미터, 넓이는 15미터, 높이는 17미터이다. 벽돌로 중량을 부담하고 사방의 옥상을 나무대로 지탱했다. 밑의 가운데는 원형의 문이고 이것을 중심으로 좌우 대칭하게 4개의 사각형 벽을 배열했다. 양쪽으로 더 가면 2개의 사각형 창문, 익루(翼樓) 건물 벽이 있다. 중부와 양측은 모두 원형의 창문이고 중부는 창문 위에 성보처럼 꾸미는 벽이 있다. 익루의 창문은 1층 익루와 일치하여 옥상의 사면은 모두 양파형의 지붕이 있다. 뤼순감옥은 방사형의 3면 감방도 건설했다. 각각 서부, 중부의 2층 감방과 완성하지 못한 동부 1층의 감방이다.

1905년 러일전쟁으로, 일본이 다롄 지역을 점령하고 식민 통치를 시작했다. 1907년 11월, 러시아가 건설한 뤼순감옥을 사용하고 확대 건설하기 시작했다. 1907년에 뤼순감옥 동쪽에 공동묘지를 건설하였다. 1916년 보통 병실과 분리 병실을 새롭게 건설했다. 그 후 공장 2동을 건설하고 감방과 검사실을 증가했다. 1923년 취사장을 재건했고, 1924년에는 창고를 건설했다. 1934년에 노후화된 사형장은 감옥의 동북 쪽에서 새로운 사형장을 건설했다. 높이 4미터, 빨간색의 벽돌로 둘러싼 감옥이다. 253칸 감방, 3개 신체검사실, 18칸 병실 간방, 4칸 암실방, 1칸 교수형장, 15개 공장의 대형 감옥이 준공되었다. 벽 이외의 묘지, 야채장, 벽돌장 등도 포함하면 뤼순감옥의 면적이 총 226,000 평방미터였다.

사무실 기능으로는 전옥(감옥장) 밑에 7개 부서가 있었다. 계호계(죄수 호송, 형벌 집행, 편지 검열), 회계계(예산관리, 문서수발, 통계업무), 용도계(양식관리, 물자공급, 화물운송), 작업계(노역, 기술감독, 대외 가공), 교무계(종교활동, 노예화 교육, 도서 관리), 의무계(병실 관리, 사형집행, 시체 검사), 서무계(자료 관리, 문건 수발) 등이다. 총 간수는 대략 120여 명이고, 감옥장, 각계장, 부장, 간수, 의사, 약제사 등을 고용했고, 일부 소사, 통역, 마부로서 중국인을 고용했으며, 간수는 대부분 일본인이고, 일부 조선인도 있었다. 수감 인원 동시 2,000여 명이고, 1940년 관동청 요람에 의하면 누적 450,000만 명으로 집계하고 있다. 주요 죄수는 중국인, 일본인, 조선인, 유태인, 이집트인, 소련인, 미국인도 있었다. 253칸 감방, 3개 신체검사실, 18칸 병실 감방, 4칸 암방, 1칸 교수형장, 15개 공장의 대형 감옥이 준공되었다. 벽 이외의 묘지, 야채장, 벽돌장 등도 포함하면 뤼순감옥의 면적은 총 226,000 평방미터였다. 1907년에는 관동도독부감옥서, 1920년 8월 관동청 감옥, 1926년 10월 관동청 형무소, 1934년 12월 관동형무소, 1939년 1월에는 뤼순형무소로 불리었다. 1945년 8월 22일 소련군에 의해 해체되어 폐쇄되었다가, 1945년에서 1971년 3월까지 뤼순경찰국이 관리하였다. 그후 1971년 7월 6일에 제국주의 침화 죄증 진열관으로 공식적으로 외부에 박물관으로서 개방되었다. 그후 뤼순계급교육 전람관으로 명칭이 변경되었다. 2003년에는 뤼순일아감옥구지 발물관으로 명칭이 변경되어 다롄시 근대사연구소 기능도 하고 있다. 코로나19 발발 전, 뤼순일아감옥구지박물관의 방문객 수는 이미 천만 가까이 되었다. 매년 60만 명이 방문하며 그중 한국인이 5만 명 정도 방문하고 있다. 코로나 이후 급격히 감소했으나, 중국의 한국 비자 면제로 한국인의 방문이 꾸준히 증가하고 있다.

뤼순일아감옥구지박물관은 중국의 전국중점문물보호단위, 전국애국주의교
육시범기지, 국가급 국방교육시범기지가 되었다.

1.2 둥산포 내력과 현황

1907년부터 사용하기 시작한 뤼순감옥 공동묘지는, 뤼순감옥 동쪽에 위치
한다. 1907년부터 1940년대 초반까지 뤼순감옥 수감자의 시신을 매장하였
다. 안중근 의사는 1910년 3월 26일에 순국하였다. 뤼순감옥 공동묘지는
1960년대 중반 뤼순지역 생산대대에 근무했던 사람에 의하여 두개골이 발견
되면서 세상에 알려졌다. 구체적으로 보면, 1965년 초, 뤼순커우구(旅順口区)
위원회 홍보부가 '사회주의 교육 전시회'를 기획했다. 신구 사회의 대비를 보
여주기 위해 뤼순일아감옥 묘지의 유골함을 몇 개 파내어 전시관에 전시함
으로써 일제의 시민 폭행을 고발하고, 역사를 기억하여 사회주의 신중국을
건설할 수 있도록 교육하기로 했다.

1965년 3월 이른 봄, 추위가 살을 에고 땅이 아직 얼어 있는 상태인데, 황씨
성의 어르신이 제공한 정보에 따라 뤼순감옥 묘지 한가운데서부터 파기 시
작했다. 삽으로 몇 번 파자마자 누군가가 말발굽 하나를 발견했다고 깜짝 놀
라 소리쳤다. 자세히 알아보니 사람의 턱뼈였으므로 모두 진지(숙연)해졌다.
40cm까지 파내자 썩은 유골함 꼭대기가 발견돼 주변으로 흙을 치우고 유골
함을 제외한 나머지 흙을 모두 제거했다. 그렇게 며칠이 지나자 5m가 채 안
되는 땅끝에 유골함 6개가 파여 있었다. 썩은 나무통은 이미 망가졌고, 나무
통 바깥에 둘러쳐져 있던 쇠띠 3줄도 녹슬었지만, 전체적인 형태는 그대로
남아 있었다. 사진을 찍은 뒤 시신 2구는 정리해서 전시관에 옮겨 진열하고
나머지 유골함은 다시 흙에 묻었다.

당시 발굴 현장에는 유골함마다 왁스로 봉해진 남색 작은 병이 있었다. 병
의 코르크 마개는 밀랍으로 봉한 것이고, 안에 세워져 있는 쪽지가 하나 있었

다. 쪽지에 사망자의 이름이 □□로 쓰여 있었다. 이는 발굴 과정에서 발견된 유일한 부장품이었다. □□ 외에는 오랜 시간이 지나서 그런지 병에 물이 들어가 종이쪽지가 썩어 대부분은 빈 병이 되어 있었다.[1]

[사진] 원통형 유골에 남색 작은 병

1973년 지청조직(知靑組織)이 집단 노동을 하면서 둥산포 묘지에 복숭아나무를 심었다. 당시 나무를 심는 책임자는 위위안춘(于元春)이었다. 현재 뤼순에서 작은 식당을 경영하고 있다. 위위안춘의 회고에 따르면, 나무를 심기 위해 남자는 곡괭이로, 여자는 삽질을 하면서 구덩이를 팔 때, 가끔 두개골을 발견했다고 한다. 해골이 많이 파여 있었고 상지골과 썩은 널빤지도 있었는데, 나무 심을 때 파낸 해골은 다시 묻었다고 했다.

앞의(전기)의 평분(平坟)에 농사짓기, 나무 심기는 땅 표지만 훼손되었을 뿐 묘지의 전체적인 형태는 바뀌지 않았다.

2001년, 묘지 남서쪽에서 가옥 개발이 이뤄져 뒷산에 흩어져 있던 무덤을 많이 옮겼다. 건물들은 감옥 묘지를 점유하지는 않았다. 그러나 차고가 북쪽이고, 산세를 방향과 결합해서 보면 감옥 묘지를 점유했을 것으로 추정된다.

---

1 저우샹링(周祥令), 저우아이민(周爱民), 〈뤼순감옥묘지 변천 연구〉, 다롄시 근대사 연구

치신가(启新街)에서 살며, 당시 공사장에서 난방설치를 담당했던 순 씨(孙师傅)에 따르면, 앞쪽 작은 광장에서 큰 비석 하나와 관을 파냈고, 차고는 산 아래쪽, 특히 서남쪽 모서리에 붙어 있는 쪽에 해골을 많이 파내 동쪽 차고 뒤의 도랑에 묻었다고 증언했다. 이 도랑은 당시 임시묘지로 사용했던 골짜기라고 추측한다. 차고를 만들기 위해 묘지의 일부를 점유해 묘지의 형태를 바꾼 것이다. 당시 묘지에 눈에 잘 띄는 비석 하나라도 있다거나 묘지 보호 범위를 규정하는 난간이라도 둘러놓았다면 이런 인위적인 훼손을 막을 수 있었을 것이다.

2008년, 묘지 앞에는 또 다른 개발이 시작됐다. 6월 어느 날, 갑자기 공사장에서 폭죽 소리가 났다. 통상적으로 시작하거나 끝날 때만 폭죽이 터지는데 중간에 폭죽을 터뜨리는 경우는 드물다. 인근 주민들은 이상하게 여겨 상황을 보러 달려갔다. 깊은 구덩이 밑바닥에 집중 매장된 시신을 대량으로 파내자, 공사자들이 불길함을 느껴 폭죽을 터뜨렸다. 이 발굴로 인해 묘지에 합장묘가 존재한다는 사실을 의외로 확인할 수 있었다.

본 공사가 끝나자, 녹화를 담당하는 공사팀은 주변 담장을 쌓기 시작했다. 굴착기가 공간을 치운 뒤, 쫭허(庄河)에서 온 몇 명의 기와공이 묘지 가장자리에 담을 쌓았다. 그 벽은 땅보다 1미터 가까이 높아서 무덤의 바닥과 비슷했다. 한 노동자는 나무통이 썩어서 윤곽만 남았다고도 말했다. 이 공사로 또 한 번 묘지의 면적이 축소되었고, 또다시 분묘의 형태를 바꾸게 되었다.[2] 그 후 1971년대 초, 공동묘지에서 유골을 발굴하여 뤼순일아감옥구지박물관에 전시하였다. 그 유골은 현재 뤼순일아감옥구지박물관 복원 묘지에 보관 전시되고 있다.

뤼순감옥 공동묘지 주변으로 뤼순지역 개인 묘지가 무수히 증가하였다. 그러자 2001년 다롄시 문물관리 위원회에서는 정식으로 "뤼순감옥구지 옛터

---

2 리화자(李华家), 〈뤼순감옥 구지 공동묘지의 과거와 현재〉, 다롄일보, 2012년 3월 30일

安重根, 고국으로 返葬해 다오

묘지"로 지정하였다.

뤼순일아감옥구지박물관이 2015년에 실측한 면적이 1,998 평방미터 즉 666평이다. 3무(亩,중국식 토지 면적의 단위, 1무=666.6제곱미터) 황지에 위치하고 감옥 묘지로 활용되고 있다. 5개의 평평한 골로 이루어져 있으며, 아카시아 나무가 산재하여 있다. 국가 보훈부에서는 면적을 약 2,550 평방미터, 잡목 및 잡초 등이 울창하고, 현지인 묘소가 소재되어 있다고 기록한다. 이곳이 뤼순일아감옥묘지 박물관 공동묘지 또는 둥산포(東山坡), 마잉허우[3] 등으로 불린다. 모두 동일 지역을 말한다.

1.3 둥산포 발굴 현황

현재는 뤼순구 샹양가 길에 노블 포레스트 아파트 뒤에 위치한다. 이곳 입구에는 '샹향공원'이라는 표지판이 있다. 이곳을 뤼순일아감옥구지박물관에서는 1965년과 1971년 뤼순일아감옥구지박물관 개관 당시 묘지의 중간 부분에서 10여 구의 원통형 유해를 발굴하여 전시하기도 하였다. 1986년에는 북한 단독으로 발굴조사가 있었다. 그리고 2006년에는 남북한 유해발굴단이 현장 답사를 했던 곳이다. 특히 2010년에는 미국 군인이 와서 발굴하였다. 펑톈(지금의 선양) 동맹군 포로수용소에서 탈출한 미군 병사 한 명을 수감하고, 비밀리에 교살한 뒤 뤼순에 묻은 적이 있었다. 선양대학교 펑톈 동맹군 포로연구소는 미국 측과 협력해 시신 조사 작업을 했다. 아래는 관련 공문 내용이다.

---

3 1894년 청일전쟁 전, 뤼순에서 주둔하고 지킨 청나라 군대인 의군(毅軍) 총병(总兵) 마위쿤(马玉昆)의 병영 주둔지는 뤼순군항(旅順军港)의 동북 쪽(현재의 뤼순중학교 위치)에 있는데, 현지 주민들은 '마잉(马营)'이라고 불렀다. '마잉'의 뒤쪽은 울퉁불퉁한 언덕이어서 '마잉허우(马营后)'라고 불린다.

파일명: 미국의 둥산포 공동묘지 GPR 발굴을 위한 공문서

번역 내용: 미국 고고학자의 뤼순 고찰에 관한 보고

다롄시 문화방송국:

뤼순일아감옥구지(옛터) 역사에서 펑톈(奉天)동맹군 포로수용소에서 탈출한 미군 병사 한 명을 수감했고, 나중에 비밀리에 교살된 뒤 뤼순에 묻힌 적이 있다. 선양대학교 펑톈 동맹군 포로연구소는 미국 측과 협력해 시신 조사 작업을 벌일 방침이다. 저희 측은 자료를 수집하고 지적재산권을 보호하는 차원에서 선양대학과 협의하여 활동에 참여하지만, 이 활동은 랴오닝성(辽宁省) 외사과의 허락을 거쳐야만 진행할 수 있다고 강조했다.

현재, 랴오닝성 외사과에서 공문서를 받은 이 일은 랴오닝성 외사과가 전 과정에 참여하여 정식으로 시작될 것임을 알려, 현재는 다롄시 문화방송국에 특별히 보고한다. 아울러 관련 부서에 첨부 문서를 왕자성(王家胜) 국장께 보내 주길 바란다.

특별히 보고드림.

뤼순일아감옥구지박물관

2010년 4월 1일

이렇게 미군이 와서 둥산포 묘지를 발굴하였다. 그 결과가 미군에게도 있고, 선양대학교 양징 교수에게도 있다. 따라서 이것을 확인할 필요가 있다. 우리나라가 2015년에 중국 외교부에 이러한 형식으로 발굴을 요청한 바 있다. 그러나 중국 외교부는 안중근 의사 고향이 황해도인 점을 들어 북한과의 협조를 내세웠으며, 2008년 발굴 당시 아파트 개발에 따른 배상금 문제 해결에 대한 민원을 상기시켰다.

[사진] 둥산포 미국 발굴조사 당시 모습

1.4 둥산포설 허구성 주장

최서면 선생은 〈안중근의 묘〉[4]에서, 뤼순형무소를 찾은 사람들 대부분은 안중근 묘에 가고 싶은 강한 희망을 갖지만, 아직도 그 소재가 명확하지 않아 안중근의 묘에 대한 추정론이 적지 않다. 그중에서도 가장 많이 언급되는 것은 뤼순일아감옥 구지 측에서 주장하는, '안중근 묘의 위치는 뤼순형무소 왼쪽 옆의 야산(野山) 둥산포에 있는 묘지군(墓地群)'이라는 설이다. 한국 측이 공식적인 묘지 조사단을 뤼순에 파견했을 때, (당시) 관장은 일행을 둥산포 묘지로 안내하고, 안중근 유해는 사형 후 감옥 후문에서 나와 감옥 뒷산에 매장했다는 기록이 있다면서 둥산포는 후문을 나간 뒷산에 있고, 안중근의 묘는

---

4 최서면, 〈안중근의 묘〉, 안중근 묘지 추정위원회, 2001년 3월 26일

그곳 묘지 안에 있을 것이라고 설명했다.

이 일행에 참여했던 최서면은 이에 대해 현재 후문이라 불리는 것은 감옥 건물의 증가에 따라 나중에 지어졌고, 안중근 재감 당시의 후문이 아니라면서 둥산포 묘지는 감옥 옆 산임을 지적했다. 일행은 감옥 당국의 후문이라는 곳에 이르러 감옥 전경(全景)과 비교하여 그것은 옆문일 뿐 후문이 될 수 없음을 실증했다.

1910년 당시 옥사 문이 있었는지를 조사하고 싶다는 최서면의 요청으로 관장의 동의를 얻었다. 그래서 조사해 봤더니 감옥 뒤에 붉은 벽돌로 끼워진 아치형 문 터를 발견할 수 있었는데 이것이 바로 안중근 재옥 당시 후문에 해당하는 것이었다. 감옥 건물 뒤에 빈터가 없었기 때문에 옆으로 증축되었다. 이에 따라 옛 후문은 폐쇄하고, 옆에 문을 만들어서 후문이라고 부르게 되었다. 그즈음 자료나 오래된 기억이 없는 새 관리자가 후문의 위치를 바르게 인식하지 못했던 탓에 둥산포설이 생겼다. 이에 따라 옆문을 후문으로 여겼던 입장에서의 뒷산, 곧 둥산포 묘지는 안중근의 묘지와는 관련 없음이 저절로 입증된 것이다.

뤼순감옥 증축 후 확장이 진행됨에 따라 그 건물들은 구관 뒤에 땅이 없어 옆으로 나란히 증축했기 때문에 옆으로 폭이 넓어졌다. 원래의 후문은 폐쇄되고 옆 건물이 늘어남에 따라 옆문은 더 옆으로 연장된 것이다. 그것을 나중에 형무소의 후문이라 칭하게 되어 오인(誤認)의 원인이 되었다. 이 일 때문인지 최근 폐쇄되어 있던 후문에는 북대문(北大門)이라고 적힌 큰 간판이 달린 채 원래의 옆문은 폐쇄되어 있다.

애초에 안중근이 묻힌 수인 묘지에 대해 그럴듯하면서 구체성이 있는 것처럼 말하는 것이 둥산포설이다. 그것은 감옥에 인접한 작은 산에 있는 묘지를 가리킨다. 그리고 원래 수인 묘지는 둥산포에 있었으며, 안중근의 묘도 그 안에 있었지만 소재는 모른다. 이로부터 둥산포 부근에 건물이 지어져 묘지 일부가 침입 당했으니 안중근의 묘는 이미 건물 밑에 있을지도 모른다는 설

安重根, 고국으로 返葬해 다오

이 생겼다. 이미 말한 안중근이 매장된 1910년 즈음의 수인 묘지가 둥산포에 있다는 설은 뒷산의 위치를 모르고 만들어진 와언(訛言)이었다.

만주사변 이래 형무소 수용인원이 많아진 것은 이해할 수 있다는 점에서 안중근의 묘와 둥산포 묘지를 연결하기에는 무리가 있음은 두말할 필요도 없다.

둥산포설 허구성 주장으로 인해 2006년 남북한 안중근 유해 유치 확정에서 이곳이 배제되었다. 그 결과 위안바오산 발굴이 이루어졌었다. 그 후 17년째 발굴은 이루어지지 않고 있다.

2. 새로운 대안의 모색

2.1 안중근의사찾기 한중민간상설위원회 둥산포 조사 현황

2023년 5월 14일부터 18일까지 안중근 의사 매장지 3곳(반다오인샹 흑산, 위안바오산 발굴지, 둥산포) 지역을 방문하였다. 방문 시 뤼순일아감옥구지박물관 근무자와 퇴직자, 그리고 향토학자들과의 면담 조사를 하였다. 그 결과 2006년 남북한 유해발굴단의 주장에 여러 가지 문제점이 노출되었다.

첫째, 2006년 남북한 안중근 유해 매장지 확정 당시 한국 측의 일방적인 주장(이마이 후사코 사진 두 장)으로 위안바오산 지역이 결정되었다는 일관적 증언이 있었다. 2008년 한중 유해 발굴에 참여한 중국 측은 한결같이 둥산포 지역이 안중근 의사 매장 후보지라 말했다. 2008년, 안중근 의사 유해 발굴 당시에도 중국 측은 둥산포 지역을 매장지로 주장한 바 있다. 한국 정부 측에서는 당시 뤼순감옥의 형무소장 구리하라 사다기치의 셋째딸 이마이 후사코 씨가 제공한 사진에 근거하여 주장한 최서면 국제한국연구원 이사장 의견을 반영해 위안바오산을 발굴했으나 장아찌 시설 등 생활 쓰레기만 나왔다.

둘째, 위안바오산은 비로 인해 수차례 쓸려나간 흔적이 있다고 한다. 특히, 위안바오산은 당시 뤼순감옥 교도관의 숙소 바로 옆이라 근본적으로 묘지 터로는 적합하지 않았을 것이다. 게다가, 그 토질도 배수가 잘되지 않는 황토 흙으로, 묘지로써 사용하기에 적절하지 않았을 것이다. 위안바오산 아파트 앞, 즉 뤼순감옥 묘지 뒤편은 기와 벽돌공장이고 지금도 그 창고가 남아 있다. 반면, 둥산포는 지리적 환경이 타 발굴 추정 지역에 비해, 묘지로 쓰기에 적합한 야산의 형태와 토질도 배수가 잘되는 마사토 성분을 갖고 있었다. 현재도 둥산포 윗부분에 일반인 묘지가 자리하고 있다.

또한, 당시 뤼순감옥에서는 처형된 시체는 북대문을 통해 감옥 공동묘지에 매장했는데 안중근 의사 역시 소노키의 '안의 사형 시말 보고'에 따르면, 뤼순감옥 묘지에 매장했다고 기록되어 있다. 그 뤼순감옥 공동묘지(당시 관동도독부감옥서의 묘지)는 바로 중국 측에서 주장한 둥산포 지역으로, 매장 추정지 중 뤼순감옥에서 가장 근거리에 위치한다.

셋째, 2006년에 남북한이 결정한 위안바오산 지역은 2008년에 한중이 발굴하였다. 예상대로, 안중근 의사 유해는 발견되지 않았고, 생활 쓰레기와 장아찌 담던 시설이 발견되었을 뿐이다.

중국 관계자의 의견 청취 및 현장 확인 등을 통해, 2006년 남북 발굴단이 매장지로 지정한 장소에 의문을 제기했다. 당시 국가보훈처가 후보지인, 둥산포 지역을 배제하고 위안바오산을 매장지로 주장한 이유를 살펴보면 다음과 같다.

첫째, 이마이 후사코 씨가 당시 8~9세에 들은 내용의 구술 증언과 함께 제공한 뤼순감옥 재감사자 추조회 사진(1911년)의 재감사자 추조회를 근거로 위안바오산이 매장지일 것이라고 주장했다. 이 당시 주장이 위안바오산에 대한 발굴 작업을 진행하는 데에 큰 영향을 끼쳤다.

安重根, 고국으로 返葬해 다오

[사진] 뤼순감옥 재감사자 추조회(1911년 촬영 추정. 이마이 후사코 여사 제공.
화살표는 이마이 후사코 여사가 안중근 의사 유해 매장지로 주장)

[사진] 뤼순감옥 뒷산(위안바오산)에서 바라본 뤼순감옥 전경(이마이 후사코 여사 제공)

둘째, 한국 발굴 작업 참여자들의 현장에 대한 상황을 반영해야 했다. 중국 측에서는 이미 1970년에 둥산포를 뤼순감옥 공동묘지라 인정하였다. 한국 측은 천도제 (추조회)를 지내는, 뒷산 능선 모습이 위안바오산의 능선과 유사점을 들어 위안바오산을 매장지로 결정했다.

그러나, 결정적으로 주장한 위안바오산 능선을 실제로 살펴보자.

1911년 재감사자 추조회 사진과 1916년 관동도독부감옥서 전경을 비교해 보면, 사진 왼쪽 부분이 높고 오른쪽이 낮다. 그러나, 1916년 감옥서 등고선 모양을 보면, 사진 왼쪽 부분보다 오른쪽이 높거나 유사하다. 어째서 등고선 오차와 주장이 받아들여지지 않았을까?

[사진] 1916년 뤼순감옥 전경

安重根, 고국으로 返葬해 다오

그리고 실제 1911년 재감사자 추조회 사진과 현재 모습의 합성 사진을 보면 오차가 확연히 나타난다. 처음부터 잘못 끼워진 단추였다.

[사진] 합성 사진

2.2 순환매장에 대한 대안

1986년에 북한이 와서 안중근 유해 발굴 당시 둥산포를 발굴하지 않고 간 결정적 원인은 순환매장이다. 순환매장이란, 1907년 관동도독부 감옥법 73 조에 근거하여 무연고자는 매장 후 3년이 지나면 유골을 파내어 한곳에 합장해서 표지석을 세운다는 것이다. 이화자의 다롄일보에서는 노블포레스트 주차장에서 대량의 유골 발견을 주장하였다.

그러나, 안중근 의사는 연고자가 있음을 일본 문서에서도 밝히고 있다. 두 동생 안정근과 안공근이 안중근 순국 당일 유해 반환을 요청했다. 관동도독부 감옥법 74조에는 사망자의 가족이 원하면, 유골을 돌려주어야 했다. 그리하여 안중근 유해가 묻혔다면, 유가족이 있는데 2년 후 순환매장을 하기에는 관동도독부에서 스스로 자기들이 만든 감옥법을 어길 수는 없었을 것이다.

만약 순환매장을 주장한다면, 현재 뤼순일아감옥구지박물관 복원 묘지에 있는 실제 둥산포에서 발굴한 유골을 연대 측정을 하면 매장 시기를 알 수 있을 것이다.

1930년대 이전 유골이라면 순환매장은 성립되지 않는다. '뤼순일아감옥실록' 사형자 통계에 의하면, 1906~1936년까지 사형자는 256명이고, 그중 여자는 6이고, 외국인이 4명, 조선인은 12명이었다. 안중근 의사는 조선인으로 분류되어 1910년에 사형자로 기록되어 있고, 1906년부터 64번에서 73번째 사이의 사형자로 분류되고 있다.

[사진] 뤼순일아감옥실록의 매년 사형자 일람표

2.3 대륙공사를 찾아라

필자는 뤼순에 상주하면서, 저우샹링 관장의 집을 방문하였고, 많은 증언을 청취하였다. 저우샹링은 뤼순일아감옥구지박물관에서 초대 관장으로 1971년부터 1996년까지 근무하고, 그 후 딸인 저우아이민 부관장(2024년 9월 정년퇴직)을 통하여 여전히 뤼순일아감옥구지박물관의 산증인으로 활약하고 있다. 특히 1986년 북한 발굴, 2006년 남북한 유해 위치, 2008년 한중 안중근 유해발굴단에 직·간접으로 참여한 인물이다.

필자에게 두 번에 걸쳐 의미 있는 증언을 제공하였다. 1차는 2019년 8월 23

일 저우샹링 관장, 저우아이민, 쉐즈강 직원과 같이 청취하였다. 1966년 3월 저우샹링 관장이 친히 둥산포 묘지를 파보았다고 한다. 그리고 1971년 3월 다롄국제전람이라는 회사에서 둥산포 묘지를 파보았다. 모든 유해에 남색 작은 병이 들어 있었다고 했다. 그리고 저우샹링 관장은 본인보다 18살이 많은 중국인을 인터뷰한 적이 있었다. 그 내용을 보면, 1930년대 인터뷰 당사자는 일본회사에서 근무했던 중국인이었다. 그 회사는 일본에서 사망자 발굴 의뢰가 오면 뤼순감옥에 신청했다고 한다. 그러면, 뤼순감옥에서 공동묘지 사망 명부와 배치도를 가지고, ○번째 줄 누구 매장이라는 식으로 의뢰자의 신원이 일치하면 사망자를 제공했다고 한다. 사망자는 뤼순화장장(현재 위안바오 두부 공장 내 시설)에 화장하여 시체를 일본으로 운송해 주는 일을 직접 수행했다고 한다. 발굴 당시 남색 병은 목통 유골 위에 있어서 이름을 매장 장부와 대조하며 여러 차례 둥산포 발굴을 했다고 증언했다.

2024년 2월 24일에 필자들과 저우아이민 부관장이 배석한 곳에서 다시 한 번 증언하면서 그 회사의 이름은 대륙공사(大陸公司)라고 증언하였다. 당시 인터뷰 당사자는 사망하였다고 한다. 결론적으로 사망자의 이름이 적힌 남색 병은 모든 유골에 존재하고 있었다. 그리고 사망 명부와 매장 배치도가 존재했음을 알 수 있었다. 또한 1930년대까지 둥산포 발굴을 한 적이 있었음을 알 수 있는 중요한 증언이었다. 대륙공사를 찾아야 한다.

아래는 '저우샹링 관장이 적어준 다롄국제전람 발굴과 발굴자 명단'의 번역 내용이다.

> "1971년 3월 다롄시 전람회 享洪若, 栾好智가 뤼순감옥 표지에 와서 10여구 유해를 판 뒤, 감옥 15공장 안에 복원했다. 그 두 사람은 다롄국제전람센터에서 퇴직했다."

전술한 내용을 종합적으로 볼 때, 현지에서 안중근 의사 유해 매장지로 언

급된 현장 확인, 안중근 의사 유
해와 관련된 자료 연구, 중국 내
관계자 증언 등에 따르면, 2006년
남북 유해발굴단이 매장지로 선
정한 위안바오산 지역은 아쉬움
이 크다. 안중근 의사 매장지는
당시 관동도독부 감옥서 묘지로
확인되었다. 둥산포가 현재 다른
사료가 없다면 반드시 확인해야
할 장소이다. 뤼순일아감옥구지
박물관에서 2001년에 지정한 뤼
순감옥 공공묘지가 일부 발굴되
었지만, 다른 사료적 위치가 특정

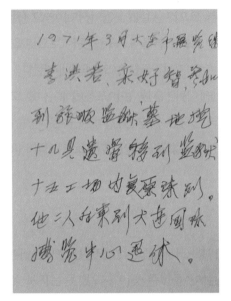

[사진] 저우샹링 관장이 적어준 다롄국제전람
발굴과 발굴자 명단

되지 않는다면, 2008년에 발굴하였던 뤼순일아감옥구지박물관 전문가들도
주장하였듯, 이곳을 발굴할 필요성이 있다.

安重根, 고국으로 返葬해 다오

참고문헌

김월배 · 김이슬 외, ≪유해사료, 안중근을 찾아서≫, 진인진 출판사, 2023년

김월배, ≪안중근 의사 유해 발굴 동양평화의 길이다≫, 도서출판 걸음, 2022년

郭富纯, ≪旅順日俄監獄实录≫, 吉林人民出版社, 2003년

부록

부록 1. 안중근 유해 연보(1879~2025)

1879.09.02.   안중근 황해주 해주 탄신
1908.10.03~1913.02.06. 진종본파(眞宗本派) 혼간지 승려, 나가오카 카쿠쇼
            (長岡覺性)
            관동도독부감옥서(일명 뤼순감옥) 촉탁 교회사 담당으로 안중
            근 수감 당시 교회 수행
1909.10.26.   하얼빈 의거, 이토 히로부미 하얼빈역 주살
1909.11.01.   오전 11시 24분 안중근 의사 하얼빈 출발. 헌병 10명, 경찰관 16
            명 호위 11월 3일 오전 10 뤼순감옥에 도착 수감
1909.12.27.   사카이 경시 제12회 심문 시 안중근 의사는 하얼빈 거리, 이토
            죽인 곳에 묻어줄 것을 원한다고 밝힘.

'사람들 중 혹자는 나에게 암살 자객의 이름을 붙이는 자가 있느냐고 묻곤 하는
데 그 말은 무례하다. 나는 정정당당허게 이토의 한국 점령에 대항한 지 3년, 각지
에서 의로운 군대를 일으켜 고전부투 끝에 마침내 하얼빈에서 승리를 거두어 그를
죽인 독립군의 대장으로 여기에 모든 것을 걸었던 터이다. 하얼빈에서 이득을 올린
독립군의 공명정대한 행동은 아마 각국 사람들의 시인을 얻을 수 있을 터, 바라는
바는 이 땅에 시신을 묻어 평소의 뜻을 관철하고 커다란 국기를 높이 걸어 빛을 발
하도록 하는 것이다.

1909.03.10.   두 동생에서 안중근 유언을 남김.

'내가 죽거들랑 나의 뼈를 하얼빈 공원에 묻었다가 주권이 회복되면 고국으로 반
장해 다오. 나는 천국에 가서도 또한 마땅히 우리나라의 회복을 위해 힘쓸 것이다.
너희들은 돌아가서 동포들에게 각각 모두 나라의 책임을 지고 국민된 의무를 다하

며 마음을 같이하고 힘을 합하여 공로를 세우고 업을 이르도록 일러다오, 대한 독립의 소리가 천국에 들려오면 나는 마땅히 춤추며 만세를 부를 것이다.

1910.02.14. 관동도독부 관동법원 사형 언도

1910.02.22. 관동도독부 관동법원 고등법원장 히라이시 우진토(平石義人)가 외무성 구라치 데스키치(倉知鐵吉)에게 안중근 공소 포기를 자축하며 편지를 보냄.

구라치 데스키치(倉知鐵吉) 각하 귀하

삼가 건승과 행운이 함께 하실 줄로 압니다. 아뢸 것은 이미 배려해 주셨던 안중근 사건이 다행히 아무 사고 없이 좋은 결과로 낙착되었으며, 이것은 귀관을 필두로 부하들의 원조에 의한 것임에 깊은 감사를 드립니다. 이에 이 안건이 종결됨에 이르러 심심한 사의를 표하며 아울러 건강을 기원하는 바입니다.

2월 22일

平石義人 올림

1910.02.22. 재 하얼빈 총영사 대리(在哈爾賓總領事代理) 영사관보(領事官補) 오노 모리에(大野守衛)가, 외무대신백작(外務大臣伯爵) 고무라 쥬타로(小村壽太郎)에게 보고

사형수 安重根에 관한 건

첩보에 따르면 이번에 뤼순 지방 법원에서 사형을 선고받은 이토공(伊藤公) 가해범 안중근의 형 집행 뒤에 그 유해(遺骸)를 인수하며 동인(同人)의 흉행지인 이곳 한국인 묘지에 후히 매장하고 한국인의 모금으로 장려한 묘비와 기념비를 건설하여 애국지사로서 일반 한국인들 숭상의 중심으로 하자는 계획을 세워 진력하는 움직임이 이곳 한인들 사이에 있다고 합니다. 이것이 단지 이곳 재류 한인 일파의 희

망으로 그칠지, 바야흐로 러시아 영토에 재류하는 일반 배일 한인의 희망이 될지는 아직 알 수 없지만 상상할 수 있는 계획이라 생각됩니다. 따라서 처형 죄수의 시체 처분 방식은 물론 상당하는 소정의 절차가 있을 수 있다고 생각하지만, 혹시 이 사형수의 시체에 대해 유족들의 손에 건네준다면 어쩌면 그 못된 자들의 계획이 실현되지 않으리라 보장하기 어려우니 장래를 위해 바람직하지 않다고 생각됩니다. 그런 부분을 주의하시고 마땅히 조치해 주시기를, 이번에 만일을 대비해 말씀드립니다.

1910.03.25.　안정근과 안공근, 안중근 의사 최후 면회를 마침.

1910.03.26.　안중근 의사 순국

1910.03.26.　사토(佐藤) 민정장관대리(民政長官代理)가 가와카미(川上) 총영사(總領事)에 보고
　　　　　　신뤼순(新旅順) 발 43년 3월 26일 오전 11:30, 도쿄(東京) 착 43년 3월 26일
　　　　　　오후 3:00, '안중근 금일 사형집행함' 문건 발신함.

1910.03.26.　사토(佐藤) 민정장관 대리(民政長官代理)가 이시이(石井) 외무차관(外務次官)에게 [安重根 本日 사형 집행, 유해는 旅順에 매장함]

1910.03.26.　소노키 스에요시 외무성의 '안의 사형 시말 보고'

　　살인 피고인 안중근(安重根)에 대한 사형은 26일 오전 10시 감옥서 내 사형장에서 집행됐다. 그 요령은 다음과 같다.

　　오전 10시 미조부치(溝淵) 검찰관, 구리하라(栗原) 형무소장 및 소관들이 형장 검시실에 착석한 것과 동시에 안(安)을 끌어내며 사형집행의 취지를 고지해 유언의 유무를 물어보자 이에 대해 따로 유언할 것은 아무것도 가지고 있지 않지만, 원래 자신의 흉행이란 오직 동양의 평화를 도모하고자 하는 성의에서 나온 것이라 부디

安重根, 고국으로 返葬해 다오

금일 임검(臨檢)한 일본 행정 각부 각위도 다행히 제 마음을 알아주시고 피아 상관 없이 합심 협력으로 동양의 평화를 도모하실 것을 간절히 바랄 뿐이라고 말해 또 이때 동양평화의 만세삼창을 하고 싶은데, 특별히 허락해 달라고 요청했으나 형무소장은 그럴 수 없다는 내용을 잘 알게끔 이야기하며 간수를 시켜 바로 흰 종이와 흰 천으로 그 눈을 가리기 시작해 특별히 기도의 허락을 주자 안은 약 2분 정도 묵도를 한 뒤 간수 두 명의 손에 끌려가 계단에서 교수대로 올라가서 조용하게 형 집행을 받았다. 시간은 10시 4분, 그 15분에 감옥의는 죽은 얼굴을 살펴 절명한 것을 보고하게 되자 여기서 드디어 집행을 끝내고 모두 퇴장했다.

10시 20분 안의 시체는 특별히 감옥서에서 맞춰 제작한 침관(寢棺)에 이를 넣으며 흰색 천으로 덮어 교회당(教誨堂)으로 옮겨졌다. 이어서 그의 공범자인 우덕순(禹德淳), 조도선(曺道先), 유동하(劉東夏) 세 명을 끌어내 특별히 예배를 하게 하며 오후 1시 감옥서 묘지에 그를 매장했다.

이날 안의 복장은 어젯밤 고향에서 온 명주 조선복(상의는 무늬 없는 흰색, 바지는 검은색)을 입어 주머니에는 성화 그림을 넣고 있었는데 그 태도는 매우 침착하며 안색에서 언어까지 평소와 조금의 차이도 없이 종용자약(從容自若, [태연하고 차분함]), 깔끔하게 그 죽음에 임했다.

또한 안이 재감 중에 기고한 유고 중 전기만은 이미 탈고했지만, 동양평화론은 총론 및 각론 1절에 그치며 모두의 탈고를 보기에 이르지 못했다.

위를 참고삼아 보고합니다.

통역 촉탁 통감부 통역생 소노키 스에요시(園木末喜)

1910.03.26   안정근과 안공근은 안중근 의사 사형 집행 후 그 유해를 넘겨받기 위해 사메지마쵸(餃島町) 1가 16번지 바오펑객잔(寶豊客棧)에서 대기하다가 관동도독부감옥서에 유해를 인도 요청했지만, 거절당한 후 강제로 안동을 통하여 귀국 당함.

1910.03.27.   사토(佐藤) 민정장관 대리(民政長官代理)가, 이시이(石井) 외

무차관(外務次官) [安重根의 동생 2명은 사체를 인도하지 않아 불복함]

1910.03.27. 오사카 마이니치 신문, '안중근의 시체는 감옥 묘지에 특별히 침관에 넣어 매장' 등 12건의 일본 신문기사

1910.03.27. 만주일일신문(滿洲日日新聞) '최후의 면회_중근의 유해, 안중근의 최후_침관에 안치하다'의 〈시체의 매장〉 기사

1910.03.28. 황성신문(皇城新聞), '안중근의 사형은 지난 26일 오전 10시 15분 즉 이토 공 조난하던 시간에 감옥 내에서 집행하여 10분 만에 절명되었는데 동 법원에서는 당일 오후 1시에 뤼순감옥 묘지에 매장하였다더라.'

1910.03.30. 성경시보 기사, 안중근 유해 소나무 관에 안치 교회당, 3인 고별인사 뤼순감옥 공동묘지

1944. 고가 하츠이치 뤼순형무소 의사 근무

1944. 신현만 안중근 매장지 참배 주장

1945.08.15. 광복

1945.08.22. 뤼순형무소 해체, 감옥 수감자 전원 석방

1946. 효창원 안중근 가묘 조성

1946. 안중근 묘지 참배

1948. 김구 주석 북한 김일성 위원장 만나 안중근 유해 발굴 요청했으나 거절

1954. 장쉐에차이 외할머니가 외할아버지께 성묘할 때 옆에 있는 조선인 묘지에도 같이 성묘하라 했다며 조선인 묘지를 주장

1956. 신태양사 잡지, 〈안현생의 수기(手記)〉에 의하면, 중국인들이 안중근 묘지를 찾고, 안정근이 모시기 위해 중국에 남았다고 회고록에 기록하였다.

1958. 이국성 열세 살 때 아버지(李圭一)를 따라 안중근 묘소 참배

주장

1965.03.	둥산포 묘지 인골 발견, 6구의 사체 목통을 발견
1970.	이마이 후사코 한국 도쿄한국학 원장인 최서면 선생에게 사진을 제공하였다.

사진 한 장은, 뤼순감옥 죄수들을 위한 추조제(1911년 촬영 추정) 사진을 제공하고, 화살표 부분이 안중근 매장지라고 주장

1970.07.06. 침화죄증진열관 개관

1971. 둥산포 묘지 인골(십여 개) 파내어, 침화죄증진열관 15공장 복원 묘지와 사형장에 옮겨 대중에게 공개했다.

1976.07. 이마이 후사코 도쿄한국연구원 최서면 원장에게 사진 2장 전달, 1911년 뤼순감옥 묘지에서 촬영한 재감사자 추조회(在監死者追弔會)를 치른 후 촬영한 기념사진과 뒷산 수인 묘지에서 바라본 뤼순감옥을 제공함.

1984.08. 독립기념관 추진위원회가 외국에 매장되어 있는 애국지사들의 묘를 국내 이장 결의하고, 가장 먼저 안중근을 염두에 두고 이장 활동을 전개한다는 기사

1985.10.18. 경향신문, '뤼순의 안중근 묘가 사라졌다'라는 기사가 실림.

'최근 중국을 방문하여 뤼순감옥에 들른 재미 박한식(朴漢植) 교수(조지아대)가 안 의사의 친족과 국내 학자들에게 알림으로써 이 사실이 밝혀지게 되었다. 현지를 방문한 박 교수에 따르면, 안 의사의 묘는 언제인지는 알 수 없지만, 불도저에 의해 평지로 변했고, 그 후 나무가 심어졌다고 하며, 뤼순의 지방행정과에서도 수차례에 걸쳐 안 의사의 묘를 찾았으나 발견할 수 없었다고 한다.'

1986.07.27.~08.07. 북한에서 5명이, 안중근 의사 유해 발굴을 위해 다롄, 뤼순, 둥산포 참관 조사 후 찾지 못하고 돌아감(조카 안우생 참여)

1993.08.	한 · 중 외무차관 회의 시, 안중근 의사 유해 발굴 협조를 요청했으나, 중국 정부에서는 안중근 고향이 북한이라는 의견을 전달함.
1993.08.15.	동아일보, '안중근 의사의 유해는 찾을 수 있는가'라는 기사가 실림.

'정부조사단은 현지인으로부터 공동묘지를 이장했을 때도 안 의사의 유해는 커다란 일본 간장통에 넣어서 어딘가 다른 장소로 옮겨 많은 중국인 사체와 동일한 장소에 묻었기 때문에, 안 의사의 유해를 찾기는 어렵다'라는 절망적인 이야기도 들었다.

1993.09.15.	동아일보, '안중근 의사 유해, 찾는 것은 불가능'이라는 보도 실림.

'북한은 이미 1970년대 중반, 중국에서 안중근 의사의 유해를 찾으려고 전반적인 노력을 기울였지만, 발굴은 불가능하다는 결론을 내렸다고 안 의사 연구에 정통한 재일동포 정치학자 김정명(金正明) 아오모리 대학 교수가 14일 밝혔다. 김 교수는 지난 1988년 중국 국제관계연구소 초빙으로 1개월간 중국 내의 안중근 의사 독립투쟁 사적을 현장 조사했는데, 당시 뤼순박물관의 저우샹링(周祥令) 근대사 부문 주임이 이렇게 증언했다고 전했다. 저우샹링에 의하면, 북한은 1970년대 중반 〈안중근, 이토 히로부미를 쏘다〉라는 영화를 제작한 다음, 김일성 주석의 특별 지시와 중국 당국의 협력에 의해 안중근 의사 유해 찾기 조사단을 중국 뤼순에 파견했다. 뤼순은 해군기지로 당시 외국인 출입이 금지되어 있었으나, 북한 측은 중국 외교부의 특별협력을 얻어 뤼순형무소의 기록 등을 검토하여, 안 의사가 매장된 형무소 주변을 조사했다. 그러나 유해 확인은 불가능하다는 결론을 내리고 귀국했다는 것이다. 또 안 의사가 처형되어 매장된 장소는 보통의 공동묘지와는 달리 커다란 구

安重根, 고국으로 返葬해 다오

덩이를 파고 매장 후, 모양을 평평하게 만든 집단 매장지였으나 나중에 그 일대가 아파트 단지로 되었다는 것이다.

1995.04.	외무부 중국 측에 안중근 의사 유해 발굴조사 협조 요청
1998.05.09.	후진타오(胡錦濤) 중국 국가 부주석, 안중근 의사 유해 발굴 협조 의사를 밝힘.
1999.03.24.~30.	도쿄한국학연구원 하얼빈과 뤼순방문 참관
1999.10.	도쿄한국학연구원 '안중근 의사 묘역추정위원회' 발족
1999.12.28.~2000.01.02.	도쿄한국학연구원 최서면 원장과 국제 마이크로 사진공업사, 영광그래픽 대표와 함께 제1차 조사단을 형성하여, 뤼순 방문 조사
2000.01.28.~01.03.	도쿄한국학연구원 묘역 추정위원회 제2차 조사단 뤼순 현지 조사 수행
2000.04.22.~04.22.	도쿄한국학연구원 묘역 추정위원회 제3차 조사단 뤼순 현지 방문하여 GPS 사용하여 화살표 지점 위치 조사 수행
2001.01.	난개발 방지 '중점문물보호단위구역' 지정 '뤼순감옥구지묘지' 표지석 설치
2001.	최서면 선생 〈안중근의 묘(安重根の墓)〉라는 자료를 발간
2002.11.	국가보훈처와 국제한국연구원에서 뤼순에서 안중근 유해 매장 추정지 현장조사 2004.11. 라오스 비엔티안 제10차 아세안(ASEAN) 정상회의에서 노무현 대통령이 중국 원자바오(溫家寶) 총리에게 중국 정부의 안중근 의사 유해 발굴 협력을 요청
2005.06.	제15차 남북장관급회담(2005.6.21~24)에서 안중근 의사 유해 발굴 사업을 남북공동으로 추진하기로 합의
2006.06.07~11.	남북한 안중근 유해 유치 확인 조사 후 위안바오산 결정
2007.	안중근 의사 남북공동공동발굴 관련 실무 접촉 실시(4차)

2008.	전통문 통해 안중근 의사 매장 추정 지역 발굴 관련 북한 측 의사 확인
2008.03.25~04.02.	한중 안중근 유해 발굴 위안바오산(1차) 조사
2008.04.10~04.29.	한중 안중근 유해 발굴 위안바오산(2차 조사, 조사에 한국 측은 14명, 중국 측은 4명 참여. 안중근 유해 미 발굴 후 '선 자료 후 발굴'
2008.04.	국가보훈처는 외교채널을 통해 일본 정부에 안중근 의사 유해 관련 기록을 정식으로 요청했으나 관련 자료가 없다는 일본 측의 답만 얻었다.
2008.05.	뤼순일아감옥구지박물관 단독 안중근 유해 발굴을 샤오파오타이산에서 실시하였으나 생토만 나옴.
2009.	'안중근 유해를 찾아라' 다큐 방영
2010.02.	김영광 선생 〈1910년대 안중근 의사 묘지〉 안중근 유해 조사안 기록
2010.04.	안중근 순국 100주년 계기로 '안중근 의사 유해 발굴 추진단' 설치
2010.05.	한중외교장관 회담 시 안중근 의사 매장 추정지역 발굴 협조 요청
2013.	국가보훈처, 중국 송경령 능원 안장 연병환 지사 등 유해 봉환 관련 협조 요청
2013.	국가보훈처와 안중근의사기념관 공동 현지 답사, 민간 차원 발굴 추진 협의
2014.	국가보훈처 안중근 의사 자료 및 현지 조사 등
2014.	안중근의사기념관과 중국 지방정부(다롄시, 랴오닝성 등)에 발굴조사 협조 요청 공문 발송
2014.03.26.	김월배, 안태근 〈안중근 의사 유해를 찾아라〉 발간

安重根, 고국으로 返葬해 다오

2014.09.	제6차 안중근 의사 유해 발굴 자문위원회에서 뤼순감옥 묘지 일대 GPR 추진 결정
2015.	안중근 의사 자료 및 현지 조사 등
2015.03.	국가보훈처장, 주한중국대사 면담 시 안중근 의사 조사 협조 요청
2015.03.	국가보훈처장, 중국 민정부 부부장 면담 시 안중근 의사 조사 협조 요청
2015.04.	국가보훈처장, 중국 외교부 부장 조리 면담 시 안중근 의사 조사 협조 요청
2015.05.	김홍범은 국가보훈처 주무과장, 안중근의사숭모회 이사장을 모시고 둥산포를 방문하여 참배 주장
2015.08.15.	김월배 외, 《뤼순의 안중근 의사 유해 발굴 간양록》 발간
2015.11.	국무총리, 중국 총리 면담 시 안중근 의사 조사 협조 당부
2015.11.05.	국가보훈처와 하얼빈이공대학 김월배, 충북대학교 박선주, 한국 외교부 같이 중국 외교부 아시아사 사장 면담, 안중근 유해 발굴 협의 설명
2016.	국가보훈처 미국, 중국 지역 묘소 실태 조사, 안중근 의사 자료 및 현지 조사
2016.	뤼순일아감옥구지박물관과 하얼빈기념관과 상호 자료협조 등에 관한 MOU 체결
2016.06.	국무총리, 중국 랴오닝성 당서기 면담 시 안중근 의사 조사 협조 요청
2017.	국가보훈처 미국 지역 묘소 실태 조사, 안중근 의사 자료 조사 등
2018.	국가보훈처 미국, 중국 지역 묘소 실태 조사, 안중근 의사 자료 조사 등

2018.	국가보훈처, 중국 송경령 능원 안장 김태연 지사 등 유해 봉환 관련 협조 요청
2018.	일본 류코쿠대학 안중근 동양평화론 센터에서 〈공동연구 안중근과 동양평화: 동아시아 역사를 위해 국경을 넘는 대화 共同研究 安重根と東洋平和──東アジアの歴史をめぐる越境的対話〉 출간에서 김월배 '안중근 유해 일본은 어떻게 할 것인가' 주장
2019.	국가보훈처 중국, 러시아 및 중앙아시아 지역 묘소 실태 조사 등
2019.01.	3.1운동 및 임정 수립 100주년 위원회에서 남북연락사무소를 통해 북한과 공동발굴을 제안하였으나 무응답
2019.03.01.	3.1운동과 대한민국 임시정부 수립 100주년을 맞이하여 북한과 공동으로 안중근 유해 발굴 사업 추진하겠다고 밝힘.
2021.	김월배 ≪안중근 의사 유해 발굴, 참 평화의 길이다≫ 발간
2021.11.	국가보훈처장, 주한 중국 대사 면담 시 안중근 의사 조사 협조 요청
2023.02.14.	김월배, 김이슬 외 ≪유해 사료, 안중근을 찾아서≫ 안중근 유해 사료집 발간
2023.03.26.	안중근의사기념관에서 열린 안중근 의사 순국 113주기 기념식에서 당시 국가보훈부는 관련 사료를 수집하고 주변국과 협력해 유해를 속히 조국에 모실 수 있도록 최선을 다하겠다고 밝힘.
2023.04.27.	21대 국회의원 163명 '안중근 의사 유해 발굴·봉환 국회의원 모임'을 결성
2023.09.06.	안중근의사찾기 한·중민간상설위원회 설립
2023.10.20.	청홍가야금 연주단 정기연주회에서 김월배 작사, 백유미 작곡의 안중근 유해 발굴 염원을 노래한 '영웅을 기다리며' 공연

安重根, 고국으로 返葬해 다오

2023.11.20.	주 다롄 대한민국 영사출장소 안중근 유해 발굴 세미나
2023.11.	안중근의사찾기 한·중민간상설위원회 서울 안중근 유해 발굴 국제세미나
2024.02.22.~30.	김월배, 김이슬 중국 둥산포와 주변 묘지 전수 조사 실시
2024.04.	국가 보훈부 주무관과 사무관 뤼순 현지 방문 조사 실시
2024.06.29.	안중근의사찾기 한·중민간상설위원회 중국 상하이 안중근 유해 발굴 국제세미나
2024.11.12.	22대 국회의원 '안중근 의사 유해 발굴 봉환 결성식' 개최
2024.11.28.	'안중근, 다시 평화를 외치다' 다큐멘터리에서 일본 외무성에 안중근 유해 정보 청구 촉구
2024.12.04.	주 다롄 대한민국영사출장소 안중근 유해 발굴 세미나
2025.02.14.	김월배, 김이슬 ≪안중근, 고국으로 반장해 다오≫ 발간

부록 2. 다롄시(大连市), 뤼순커우구(旅顺口区), 덩펑가(登峰 街道) 축년 월평균 강수량(1901년~2022년)

연도	1901	1902	1903	1904	1905	1906	1907	1908	1909	1910	1911	1912	1913	1914	1915	1916	1917	1918	1919	1920
다롄시	38.7	56.5	69.6	59.8	55	43.2	61	51.1	60.1	50.2	79	47.9	39.3	76.2	59.2	44.9	58.4	58.7	40	54.2
뤼순커우구	28.8	45.9	60.2	50.4	47.4	35.9	53.9	41.9	50.2	45.4	69.2	38.6	36.3	69	48.3	36.7	53.9	47.8	31.1	48.3
덩펑가	29	45.9	60.1	50.4	47.3	36	53.9	42	50.2	45.4	69.4	38.7	36.2	69	48.4	36.8	54.1	48	31.2	48.4
연도	1921	1922	1923	1924	1925	1926	1927	1928	1929	1930	1931	1932	1933	1934	1935	1936	1937	1938	1939	1940
다롄시	53.7	62.0	65.8	47.2	48.4	66.3	46.9	52.8	52.9	57.2	53.6	58.5	53.5	69.0	51.5	55.9	63.6	64.8	58.4	58.5
뤼순커우구	42.6	51.5	47.1	38.5	39.7	61.2	36.0	44.3	36.0	44.3	43.6	48.8	42.0	60.6	47.3	41.8	50.5	50.1	45.1	48.5
덩펑가	42.8	51.7	47.2	38.7	39.7	61.1	35.9	44.3	36.1	44.3	43.6	48.8	42.1	60.6	47.4	42.0	50.6	50.2	45.4	48.5
연도	1941	1942	1943	1944	1945	1946	1947	1948	1949	1950	1951	1952	1953	1954	1955	1956	1957	1958	1959	1960
다롄시	47.9	59.4	50.0	57.1	59.8	59.5	70.4	61.7	69.6	64.4	75.0	44.9	78.9	65.6	59.3	68.4	54.0	44.6	74.6	67.1
뤼순커우구	35.8	43.1	41.9	44.9	47.8	51.1	54.6	51.4	52.6	52.4	63.1	37.6	60.7	51.7	55.5	55.8	36.1	37.1	64.2	52.6
덩펑가	35.8	43.2	41.9	44.9	47.9	51.1	54.5	51.4	52.8	52.3	63.0	37.7	60.6	51.8	55.7	55.9	36.0	37.1	64.1	52.2
연도	1961	1962	1963	1964	1965	1966	1967	1968	1969	1970	1971	1972	1973	1974	1975	1976	1977	1978	1979	1980
다롄시	64.3	70.1	64.7	90.1	46.2	65.9	64.2	45.7	63.1	59.5	65.1	52.3	68.4	65.4	61.9	61.6	57.9	53.4	59.8	44.9
뤼순커우구	58.6	60.4	52.4	81.8	47.1	52.8	49.6	34.1	48.6	56.1	61.4	46.7	60.3	57.0	58.8	58.9	48.1	48.6	48.4	38.3
덩펑가	58.7	60.4	52.2	81.7	46.9	52.7	49.6	34.0	49.0	56.0	61.4	46.5	60.5	57.2	58.5	59.0	48.5	48.6	48.5	38.3
연도	1981	1982	1983	1984	1985	1986	1987	1988	1989	1990	1991	1992	1993	1994	1995	1996	1997	1998	1999	2000
다롄시	50.6	47.0	56.2	56.9	82.7	54.3	67.2	47.2	41.6	68.0	55.1	48.7	49.9	71.2	65.5	65.9	47.8	71.1	42.1	43.3
뤼순커우구	37.2	36.1	39.8	46.1	69.9	38.1	54.8	41.9	33.6	62.1	44.4	39.6	42.9	58.7	51.4	52.1	42.0	55.7	32.7	37.2
덩펑가	37.3	36.1	39.8	46.2	69.7	38.5	55.1	42.1	33.5	62.1	44.5	39.5	43.1	58.9	51.4	52.1	42.0	55.7	32.8	37.2
연도	2001	2002	2003	2004	2005	2006	2007	2008	2009	2010	2011	2012	2013	2014	2015	2016	2017	2018	2019	2020
다롄시	52.3	46.6	55.4	59.4	65.0	52.0	63.9	53.8	54.8	75.3	60.6	79.2	65.3	38.9	49.9	50.9	49.3	47.8	51.3	70.2
뤼순커우구	46.7	35.0	50.2	47.9	51.1	38.3	53.7	48.5	49.5	59.5	55.1	65.2	49.6	41.8	40.0	35.6	43.3	41.8	42.0	61.4
덩펑가	46.6	34.9	50.2	47.9	51.0	38.0	53.6	48.5	49.4	59.7	55.1	65.3	49.3	41.8	40.2	35.8	43.3	40.5	37.5	46.9
연도	2021	2022																		
다롄시	67.4	74.3																		
뤼순커우구	59.9	62.8																		
덩펑가	47.7	44.8																		

자료: 國家青藏高原科學數據中心

단위: mm

安重根, 고국으로 返葬해 다오